小太郎地獄遍路

慟哭の満州

三浦由太
Yuta Miura

文芸社

小太郎地獄遍路　慟哭の満州　目次

小太郎地獄遍路

慟哭の満州

突然の激走

小太郎《こたろう》は走っていた。外套《がいとう》と襟《えり》巻きに身を固めた祖父の太郎を乗せた車いすを押して、肩まで伸びた長髪を寒風になびかせて、死に物狂いで走り続けていた。背後に黒い波が迫っていた。周囲には耳を聾《ろう》するばかりのサイレンの音が鳴り響いている。その警報音をかき消さんばかりに猛烈な音が背後から迫っている。怒濤《どとう》が押し寄せる音だけではない。バキバキという材木が折れるような音もする。振り向くと、海底のヘドロを巻き込んだ真っ黒な波がガレキを波の背にのせて間近に迫っている。そのガレキが押し合いへし合いするので材木が割れる音がしているのだ。水しぶきというより土煙のような煙も伴っている。津波が土壁などを押しつぶして土煙が発生するらしい。不意に、

「小太郎！　後ろを振り向くな！　まっすぐ走れ！」

という叫び声がした。前を見ると、道路の突き当たりにある実家の医院ビル四階の窓から父の浩太《こうた》が身を乗り出して叫んでいる。あと少しだ。すでに心臓は破れそうなほどに早鐘《はやがね》を打っている。膝がくずれそうなほどに足の筋肉も悲鳴を上げている。だが、それが何だというのだ！　足が折れようと今は走らねばならぬ。小太郎は全速力で駆け続

けた。

脇森《わきもり》小太郎は、つい一昨日《おととい》まで東京のアパートで暮らしていた。昨日も今日も変わりばえのしない毎日で、明日《あした》も明後日《あさって》も同じような日々がだらだらと続いて行くはずだった。それがどうしてこんな羽目になったのか。

そうだ、気仙沼《けせんぬま》の実家にいる父からの電話が始まりだった。

小太郎は五年前の春に東京の私立大学の国史学科に入学した。別段そんなに日本史に興味があったわけではない。一浪して、今度こそ大丈夫と意気込んだ第一志望に不合格になって、定員割れで追加募集があった別の大学の国史学科に滑り込んだのだ。なんとか卒業はしたが、日本史などという学科は、就職に際しては何の役にも立たないに等しい。就活もうまくいかず、父親に頼み込んで大学院に進んだのだ。だが、もともと日本史に興味があるわけでなし、毎日同じことの繰り返しの学生生活を続けるのは、もう飽き飽きしていた。

いよいよ四月には院二年生となり、修士論文もさることながら、今度こそ就活を頑張らなくてはならない。大学四年生のときの就活で切った髪がようやく若者らしく見える程度に伸びたというのに、また切らなくてはならないのも、たまらなくいやなことだった。だが、運よく就職したとして、どんな人生が開けるというのか。結局ありきたりの平凡な人生を過ごすだけなら、そんな無意味な人生を続けるために、どうしてあくせく就活なんかしなくてはならないのか。

そうして毎日悶々として暮らしているところに、電話がかかってきたのだ。

前の晩もなんとなく眠れず、朝方になってようやく寝ついたと思ったら、誰かが音楽を鳴らしている。《誰だろう? 迷惑な奴だ》何か分厚い膜を通して聞こえてくるようだ。海の底で音楽が聞こえたらこんなだろうか? いや、母親の胎内で羊水にくるまれているときに聞こえたらこんなふうかもしれない。

チャチャンチャーン

チャチャンチャーン

チャチャンチャーン

チャチャンチャーン……

映画「ロッキー」のテーマ曲だな。そういえばおふくろは、俺を妊娠中しょっちゅうロッキーのテーマ曲を流したと言っていた。どんな困難にもくじけない元気な子供に育つよう、「胎教」として聞かせたのだと言っていた。学生時代、親父と初めてデートした時、一緒に見に行った思い出の映画だと何度も聞かされた。……そうだ、あれは俺の携帯電話の着メロだ。折り畳み式の携帯電話を無意識にベッドと布団の間に押し込んだらしい。カーテンを通しても外が明るいのはわかるから夜は明けているのだろうが、まだ朝のはずだ。寝不足の頭は鉛のように重い。目を覚ましてもしばらくは電話に出る気がしない。そのうち鳴りやむかと思ったが、いつまでも鳴り続けるので仕方なく電話をとった。春休みになっていくら朝寝をしてもいいというのに……。小太郎は舌打ちをしながら通話ボタンを押した。

「小太郎、何だ、寝ていたのか？　さっぱり連絡よこさないが、元気か？」

父親の声だ。毎日何のおもしろいこともなく暮らしている小太郎は、道行く人が楽しそうにしているのを見ると、なんだか腹立たしく感じられるぐらいだった。父の声がやけに元気そうなのにもむかっ腹が立つ思いで返事をした。

「親父？　何か用？」

「ああ、じいちゃんが最近ずいぶんぼけてきてなあ。でも、ときどきまともになることがあって、今日は何日だ、と聞くから、三月六日だと答えたら、急に小太郎を呼べと言い出したんだ。どうしても話しておかなくてはならないことがあるんだってさ」

「話って何？　電話じゃダメなの？」

「うん、そのあと、また元に戻ってしまって、何の話か聞き出せなくなったんだよ」

「そんなにひどくなったの？　この前会ったときは、ちょっと物忘れがひどいぐらいだったのに。じゃあ、帰ったって話もできないんじゃないの？」

「まあ、そう言わずに、春休みぐらい帰って来いよ。じいちゃんだって、いつ死ぬかわからないし、お前に会いたいと言ったときはかなり切羽詰まったようすだった。お前だって、休み中、別に用事はないんだろう。お前の顔を見ればじいちゃんも正気をとり戻すかもしれないし、戦争中の話なんか聞けたら、お前の修士論文の役に立つかもしれないじゃないか」

帰ったところで、じいちゃんのお守《も》りに使われるだけなんじゃないか、という気もしたが、小さいころ、ずいぶんじいちゃんに世話になったのは確かだし、じいちゃんに子守りをしてもらった自分が、今度はじいちゃんの「老人守り」をするのも恩返しかとい う気になって帰省することにした。別に急ぐ用事でもなし、父親に帰省費用の振込みをねだって、その一部を使って親友の藤木や音楽サークルの後輩たちとプチお別れパーティーをしてから、九日の水曜日に帰省した。

東京を出たのは昼前だったが、気仙沼の駅に着いたのはもう夕方に近かった。

気仙沼市は宮城県ではあるが、新幹線を仙台駅で降りて仙石線から乗り継ぐよりも、岩手県の一ノ関駅から大船渡線を利用した方が早い。それでも乗り換えを含めると、東京から気仙沼まで五時間近くかかる。お金もかかるし、この長時間列車の座席に座る苦行がいやで、小太郎がふるさとに帰ったことは東京に出て以来五年間に数えるほどでしかない。

気仙沼の駅に降り立つと、小さいころからまったく変わらない家並みが迎えてくれた。木造モルタル看板建築と言うらしい。道路に面した側にモルタルで看板を取り付ける壁ができていて、裏から見ると瓦屋根の和風建築なのだが、表からはちっちゃなビルみたいな外観になっている。その看板取り付け部に、薬局、食堂、米屋などが思い思いの看板を出して、古ぼけた商店街を形づくっている。

「なんだか映画の『三丁目の夕日』のセットみたいだな」大学一年生の夏休みに、大学で親しくなった同級生の藤木を、いっしょに気仙沼に遊びに行こうと誘って帰省したときに、そう言われたのを思い出した。

駅から実家までは歩いて十分少々。小太郎の父親は整形外科医院を開いている。四階建て医院ビルの「脇森整形外科医院」と木造二階建ての実家は別棟になっているが、同じ敷地にある。小さいころ、小太郎は周囲から医者の息子と見られるのがたまらなくいやだった。そのころは「医療費亡国論」の全盛時代で、新聞にも不正請求だとか医療過誤だとかの記事ばかりでかでかと書き立てられて、子供心にも医者は何かよからぬことをして金もうけをしているような引け目が感じられた。学校でも、作文というと「将来の夢」とかがテーマになることが多く、人と違ったことをするのがかっこいいとみなされるような時代の風潮だった。父のあとを継いで医者になる気にはならなかった。小学校の成績はよかったけれど、さっぱり勉強しないから中学に入ってからは成績はガタ落ちになった。親が敷いたレールに乗っかって生きて行くなんてまっぴらだと思っていた。中学に入ってギターに夢中になり、ギターだけは猛練習した。ミュージシャンになるには勉強なんか無駄だと思っていた。そんなわけで息子の将来を心配する父親と小太郎の間には中学・高校の六年間、いさかいが絶えなかった。

気仙沼には自分よりギターのうまいヤツはいなかった。どこでもいいから東京の大学にもぐり込んで、東京に出さえしたら、たちまち自分のミュージシャンとしての才能が認められるものと思っていたが、世の中はそんなに甘くはなかった。小太郎は音楽を評価するセンスには自信があった。自分の耳で聞く限り、世間で流行している曲よりも、自分が作った曲の方が絶対にすぐれている。どうして自分の曲のテープを送りつけた音楽関係者には自分の曲のよさがわからないのか、小太郎は音楽関係者のセンスをも疑った。

小太郎が感じた世間の壁は、すぐれた芸術家ならば誰もがぶつかる壁である。世間は常に芸術家を冷遇する。石川啄木も、宮沢賢治も、生きている間、必死に世間に自分の作品を認めてもらおうと努力したが、結局世間に受け入れられることなく人生を終えた。芸術家は、長いこと世間の愚蒙《ぐもう》さと闘う経験を重ねた末に、世間に受け入れてもらうことをあきらめる境地に到達して、一段と孤高な芸術を生み出すものである。だが、小太郎はまだ若くて、そうした孤高の芸術家の静穏な諦観《ていかん》の境地にはほど遠かったから、猛烈にあせって自分の才能を世間に認めさせようと努力した。そして、ついにミュージシャンの夢は破れてしまったと絶望するにいたったのである。

気がつけば、子供のころの夢を追いかけて堅実な仕事を目指さなかった奴は「ニート」と呼ばれてさげすまれる時代になっていた。小太郎は苦労をするのが嫌いな割にプライドだけは高かった。世間からニートと小ばかにされるわけにはいかない。親の仕送りを当てにできるのも大学院までだ。だが、大学院を出て、どっかに就職したからといってどうなるというのか？　ごくありきたりの人生を送って、やがて腹の突き出た中年男になり、しまいにはボケ老人になって死ぬだけだ。

すべての希望が失われたと感じ、何の光明も見当たらない退屈で単調な毎日が永遠に繰り返されるだけになったという思いにとらわれた人間は、もはや生きながら死んだも同然となる。小太郎もまた、そういう恐るべき絶望状態に陥りつつあった。

気仙沼の町の上には重そうな鉛色の雲がのしかかっていた。小太郎は、ここ何ヶ月もずっと頭の中に鉛が詰まっている気がしていたが、故郷の空を見上げて、頭の中の鉛が一段と重くなった気がした。重い頭を垂れて重い足取りで家路をたどった。

「ただいま」

玄関から声をかけると、母親の幸子《さちこ》が出てきた。

「小太郎、よく帰って来たねえ。疲れたろう。荷物を部屋に置いたら、お風呂に入りなさい」

「それより、じいちゃんはどうなの？」

大学を卒業した一年前に帰省したときは、そんなにひどく認知症が進んではいなかった。祖父の容態はどうなのか、気にはなっていたのだ。それで、荷物を自室に置くと、まず祖父の部屋に行ってみた。

驚いた。小太郎が知っていた祖父の面影はなかった。

電動ベッドの上半分を起こしてベッドの上でテレビを見ていた太郎は、部屋に入ってきた小太郎の方に目は向けたが、焦点が定まらない。

「はァ？　誰すか？」

「おじいさん、小太郎ですよ。この間、会いたいって言ったでしょう」

幸子が言い添えたが、それでもわからないようだ。

「うん？　浩太が？　浩太、お前《め》医学部さ入《へ》ったのが？」

小太郎と父の浩太を間違えているらしい。小太郎の知っている祖父はこんなではなかった。剣道七段、七十歳を過ぎても矍鑠《かくしゃく》とした老人だった。小学校の体育館で近所の子供たちに剣道を教えていて、小太郎も小学校の四年生から三年間この祖父に剣道を教わった。小太郎の名前を付けたのも祖父だった。祖父の名前が太郎で、太郎の初孫だから小太郎と名づけたというのだが、今どきこんな名前の子供はいない。小さいころはこの名前でずいぶん馬鹿にされたものだ。

　小太郎はいたずら好きで、アゲハチョウの幼虫を教室に持ち込んで女の子たちに突きつけてキャアキャア言わせたりしたこともあった。だが、そのあと毒蛾の幼虫の毛虫が女の子の背中についていて、毛虫に触れたせいでその子の背中がひどいミミズ腫れになったのは絶対に小太郎のしわざではない。毛虫なんか木の葉の上で普通にモゾモゾしている。何かのはずみで襟もとに落ちてくることだってあるだろう。ところが、アゲハチョウの幼虫と毒蛾の幼虫の区別もつかない連中は、毛虫まで小太郎のせいにしたのだ。それ以後も、何かというと「こんなことをするのは小太郎のこったろう」とか言われて、ことあるごとに小太郎が悪者にされた。

　悔しい思いで学校から帰ると、祖父が慰めてくれた。天に向かって恥じることがなければ誰に何を言われようと堂々としていろ、祖父はよくそう言ったものだ。
《あーあ、昔は天に向かって恥じることなんかなかったなあ。今はいっぱいあるよ。二十四にもなって親のスネかじって、だらだらと暮らしているのも恥ずかしい。じゃあ就職できればそれでいいかというと、かっこ悪い中年そのものの上司に指図されてへいこら仕事するようになれば、それも恥ずかしい。「命長ければ恥多し」なんて格言もあったなあ。もう、堂々と生きるなんて気分にはなれない。肩身の狭い思いで生きるようになってどれくらいになるだろう？

　今のじいちゃんは、自分では恥ずかしいなんて感じることもないのかもしれないけど、俺としちゃ、こんなじいちゃんを見るのも恥ずかしいよ》

　祖父の太郎は気仙沼で漁師の息子として生まれた。二人兄弟だったが、二人とも兵隊にとられて、南方に行った次男は戦死し、長男の太郎だけが生きて戻ってきた。太郎は満州のソ満国境地帯で終戦を迎えた。シベリア送りになったのを脱走して、なんとか昭和二十一年夏に満州からの引き揚げ船に乗ることができたのだ。帰国後は、父を助けて漁師をしていたが、若いに似合わず遊びに金を浪費せず、せっせと貯めたお金を元手にして、数年後に小さな缶詰工場を始めた。サンマの、売り物にならないような小さなのやちょっとした傷のあるのを安く仕入れて缶詰にして売りだした。家庭に冷蔵庫が普及していない時代、缶詰は保存食として重宝され、値段が安かったから飛ぶように売れた。「脇森食品」は、宮城・岩手全域でその名を知られるようになった。日ソ国交が回復すると、気仙沼は北洋漁業の母港として活気づいた。「脇森食品」は事業を拡張して、サケ缶を大量生産し、全国に販売を拡げた。事業は順調だったが、太郎は長男を医者にした。浩太は学業成績が優秀で、その当時は成績がいい高校生は猫も杓子《しゃくし》も医学部を志望する時代だったこともあるが、太郎自身が「食糧難を脱した日本は、これから福祉国家を目指さなくてはならない」とはっきりした見通しをつけて息子の志望を後押しした。やがて二百カイリ問題で北洋漁業が衰退すると、太郎はいちはやくサケマス漁業に見切りをつけて、ウニやアワビなどの高級品缶詰に事業を転換した。これまたバブル時代の贈答品として大ヒットした。気仙沼の商工会長を務めた時期もあり、気仙沼では成功者として知られていた。

父の浩太は小太郎が小学校に入る少し前に医院を開業して仕事で忙しかったのに対し、祖父の太郎は会社を次男の浩次《こうじ》に譲って引退していたから、小太郎の小学校時代は父よりも祖父と一緒だった記憶の方が多い。

小太郎が高校一年の年の暮れ、春子《はるこ》ばあちゃんが死んだ。祖母が風呂からなかなか出てこないので幸子がようすを見に行ったら、湯船の中で死んでいたのだ。すぐに浩太が救急蘇生をしたが祖母は息を吹き返さなかった。心臓発作を起こすか何かで意識を失って、そのまま風呂で溺れてしまったのだろうというのが浩太の診たてだった。

太郎の悲しみぶりは、はたで見ているのもつらいぐらいだった。太郎は、毎日欠かさなかった竹刀の素振りもしなくなり、一日中仏壇の前で手を合わせてばかりいるようになった。太郎の体力は急速に衰え、歩き方もよぼよぼした感じになった。そして、四年前の冬、商工会の功労者表彰ということで宴会に招かれて、久しぶりに機嫌よく酔ってしまい、タクシーに乗り込むまでのほんのわずかな距離を歩く間に、凍った路面で転倒し、大腿骨を骨折した。手術は気仙沼市立病院で浩太の出身大学の後輩の医師が執刀し、骨折は治ったものの、それからはほとんど車いすの生活になってしまった。そのうち物忘れが目立つようになった。退院後はリハビリ施設もある浩太の医院でリハビリに取り組んだがはかばかしくはなかった。

小太郎の顔立ちは父親よりも祖父に似ていた。「隔世遺伝」ということは確かにあるのだろう。ずいぶん髪の毛の薄くなった今の太郎と、もじゃもじゃの髪の毛をたてがみのように伸ばしている小太郎とはすぐに見分けがつくが、若いころの太郎の写真を見ると瓜二つというぐらい似ている。

孫の自分の顔もわからなくなった祖父に、小太郎は優しい口調を心掛けて話しかけた。

「じいちゃん、小太郎だよ。大学で日本史勉強してるって言ったら、戦争中のこと教えてくれたりしたじゃないか」

「うん、小太郎？　小太郎が？　んだが、帰《けえ》ってきたのが？　うん、うん、戦争中の話が？　俺はァ、陸軍伍長だった」

また始まった。「陸軍伍長」というところでは急に声が高くなる。

「露助《ロスケ》は八月八日の夜に攻撃してきたんだ」

これも小さいころから耳にタコができるぐらい聞かされてきた。

《じいちゃん、歴史上は、ソ連の参戦は八月八日じゃなくて九日なんだよ。じいちゃんの守備陣地では多少早かったかもしれないけど、ソ連の公式見解に遠慮したのか、公式の歴史では、八日から九日に日付が変わってから攻撃が開始されたことになってるんだ。テストに八日なんて答えたら不正解だよ。もっとも、ソ連軍の参戦なんてテストに出ることないけどね》

太郎に反論してもどうしようもないから、小太郎は声に出さずに心の中でそう言った。センター試験の日本史では、毎年古代や中世からの出題が多い。近代から出題されるとしてもせいぜい明治・大正までだ。高校の日本史の授業では、昭和以降の歴史をやるのは三年の三学期になるから、一月のセンター試験で出題するのを控えるという意味もあるだろうが、戦争についてあつかうとなると、海外とくに中国・韓国からの反響や国内右翼の反応など、歴史の専門家とは言えない連中の反応を気にせざるを得ないので、公的試験で何を正解とし、不正解とするかは、微妙な問題になるからでもあるだろう。
そもそも、入試で日本史を選択する受験生は少ない。大学側が、国史学科ですら、日本史を必須受験科目にしているところは少ないのだ。受験に必須でないとなると、日本史を学ばずに卒業する高校生がたくさん出るのは当然だ。少子化のおりから、教職は就職戦線でもとくに狭き門だが、日本史教師の募集は一段と少ないということになる。
《あーあ、国史学科なんて入るんじゃなかったなあ。やっぱり就職でつぶしが利くのは英語だよなあ。俺はミュージシャンとしてアメリカで売り出すことなんか考えていたから、高校時代、英語だけは人より勉強した。大学に入ってから、さっぱり英語から遠ざかってしまったけど、今からでも英語勉強した方が就職の役に立つかもなあ。いやいや、そんなことやって就職できたからってどうなる？　まったく尊敬できない上司から、何の意味があるのかわからないような仕事を与えられ、いくら働いても誰からもほめられることも、感謝されることもない、そんなお先真っ暗人生が待ってるだけだ。そんなつまらないことのために苦労するなんてまっぴらごめんだ》
太郎は、小太郎のうんざりした表情におかまいなしに、前後の脈絡のつかないような話を続けた。

「関東軍のビンタはなあ……」

《知ってるよ。小さいころから何度も聞かされてきたからね。平手でも一撃で体が吹っ飛ぶような気合のはいったビンタなんだろ。それも日本史のテストには出ないよ》

「露助《ロスケ》は山賊のような連中でなあ……」

小太郎は、これもじいちゃん孝行とあきらめて、その晩は太郎のくどくどした昔話につきあった。

津波

翌日、小太郎は太郎を介護施設に連れて行った。いつもは母親の幸子が連れて行くのだが、小太郎が連れて行ったのは初めてだったので、施設の職員たちが口々に声をかけてきた。

「脇森さん、今日はお孫さんに連れてきてもらったの？　よかったねえ。おじいちゃん孝行のお孫さんで」

「おじいちゃんはねえ、ここではモテモテなんですよ。何といっても男性少ないですからねえ。あなたもモテようと思ったら長生きしないとダメよ。長生きさえすればまわりじゅう女だらけになるから」

《そうか、男より女の方が平均寿命長いからな。でも、うちのばあちゃんはじいちゃんより十《とお》以上も若かったのに、じいちゃんより先に死んじゃったなあ。あのときばあちゃんいくつだったかなあ。俺、自分のばあちゃんの年もよく知らない。確か七十になってなかったはずだ。お通夜に集まってきた人たちが、「来年の誕生日まで長生きすれば古《こ》稀《き》だったのに。『人生七十古来稀《こらいまれ》なり』ってほんとだねえ」とか、うわさしていたからな。すると、死んだときばあちゃんは六十九歳だったわけだ。でも、じいちゃんが、九十過ぎてモテたからって何になるってんだよ》

小太郎は、三年前にふられた彼女のことを思い出した。

《そういえば、何をやっても楽しく感じられなくなったのは、あれからだな。思えば、俺は彼女がやさしいのをいいことに、ずいぶん彼女をほったらかしにしていた。俺がバンドやらバイトやらで忙しくて、彼女が会いたいと言うのを、しばらく待ってくれとか生返事している間に、バイト先の店長とできてしまったのだ。そりゃあショックだった。みじめだった。彼女との思い出の詰まったアパートの自室でベッドに寝転がって天井を見上げていると、なんだか周囲の壁が自分に倒れ掛かってきそうな気がして耐え難い不安に襲われた。胸に大きな穴がぽっかりあいて冷たい風がヒュウヒュウ音を立てて吹き抜けているような気がした。たまらなく不安で寂しく、完全に孤独だった。あれから人生なんてどうでもいいって気持ちになってしまったなあ》

失恋のあと、虚無感にとらわれた小太郎は、何もかもがけだるく、生きること自体つまらないという感覚に陥った。一日も早く死が訪れることの方が、この苦しい毎日から逃れるただ一つの方法のようにさえ感じられた。小太郎は、インターネットの「自殺サイト」をしばしば眺めるようになった。自殺にもいろんな方法がある。首つり、練炭、入水、飛び降り、ガス、睡眠薬等々、「自殺サイト」では、それぞれの費用や確実性などについて解説がしてある。自分が自殺するとすればどれを選ぼうか、どれが一番「清らかな美しい死」と言えるだろうか、冷たくなった自分を見つけたら自分をふった彼女は涙を流してくれるだろうか、そんなことを想像している間、つかの間、小太郎は浮き世の憂さを忘れることができるのだった。

太郎を介護施設に預けたあと、幸子の場合は家に戻って家事をする。子供を託児所に預けて主婦が家事をする時間をこしらえるようなものだ。介護施設は託老所というわけだ。小太郎は家に戻っても暇なだけなので近所をドライブした。気仙沼は陸中海岸国立公園の南端に位置する。海岸近くにはあちこちに景勝地がある。だが、免許取りたてのころは楽しかったドライブも、今は何ひとつ心を浮き立たせることもない。最初に目に入った景勝地の駐車場に車を止めた。しばらく外をぼんやり眺める。エンジンを切ってハンドルから手を放してがっくりとシートに身を沈める。深いため息をつく。何もやることがない。「退屈だな」と声に出してつぶやく。それからようやく、けだるい気持ちを動作に表してのろのろと車から降りた。

三月初めの気仙沼はまだ風が冷たい。夏には陽光に輝く青い海とリアス式海岸特有の切り立った白い断崖のコントラストが美しく、観光客も多いが、今は広い駐車場にいるのは小太郎のみ。鉛色の雲が低く垂れ込めて、断崖もくすんで見える。雲があんまり低いので向こうに見える絶壁のてっぺんは雲に隠れているぐらいだ。カラスが一羽、駐車場を囲む防護柵の上にとまって寒そうに鳴いていた。見下ろす海面は空を覆う雲よりも暗い鉛色で、断崖に打ち寄せる波が白く泡立っている。その白々《しらじら》とした波が白骨の手のように見えて、海中に沈む無数の骸骨が手だけ海面に出して手招きしているような気がした。

《ここで海に飛び込んでしまおうか。いやいや、途中で岩にぶつかればぐしゃぐしゃの死体になってしまう。そんな死体になるのは俺の美的センスが許さないな》

車を降りて景色を眺めていると体が冷え切ってしまう。寒さに追われるようにして、結局いったん家に戻って、持参した修士論文の資料の整理をしたりした。修士論文のテーマは、シベリア抑留者の体験記と当時の新聞記事とを比較して、報道と実体験との相違を研究することだ。じいちゃんの孫として、シベリア抑留を研究してみたい気持ちは多少はあったのだ。だが、やり始めてすぐにうんざりしてしまった。抑留者の体験記は無数に発行されている。こんな膨大な資料に目を通さなくてはならないかと思うと気が遠くなった。春休み中の作業は、国会図書館にマイクロフィルム化して保管されている終戦前後の古新聞のコピーから、ソ連参戦と満州占領に関連した記事を切り抜いて読み込むことだ。小太郎には退屈でたまらなかった。こんな研究が現代の日本人にとって何の役に立つというのか。

小太郎は、くさくさした気持ちを晴らすような暇つぶしはないかと考えて、翌日は釣りに行ってみようと思いついた。小さいころ釣りを教えてくれたのも祖父だった。夕方、太郎を介護施設に迎えに行って帰宅すると、釣り道具と防寒装備を引っ張り出して点検・準備を整えた。

一人で食事ができなくなった太郎は、みんなの食事の前に幸子の介助で自分の部屋ですませてしまう。そのあと両親と小太郎の三人で夕食を摂るので、父の浩太と顔を突き合わせなくてはならない。これがまた苦痛だ。自宅と医院の往復でしか歩かない浩太は、完全なメタボ体型で、本人はちっとも気にしていないのだが、小太郎は自分の未来の体型を目の前に突きつけられているような気がして、見るのもいやだった。《デブめ！よく恥ずかしげもなく生きてやがるな》心の中で毒づいてから食卓に着いたが、浩太は息子と夕食をともにするのが楽しくて仕方ないようすだ。

「なんだ、小太郎、明日は釣りをするのか」

「うん《なんだよ、うっせーな。じいちゃんの送り迎えさえしたら、あとは何しようとこっちの勝手じゃねえかよ》」

「うまくすると鯛《たい》が釣れるかもしれないぞ。今日来た患者さんが岸壁で鯛を釣り上げたと言ってたぞ」

「そりゃよほどのラッキーだろ。めったにないことだから父さんにまで話す気になったんだろ。俺はアイナメ狙いだよ」

「まあ何だっていいさ。少しだったらうちで食べればいいし、たくさん獲れたら叔父さんの缶詰工場に持って行けば引き取ってくれるぞ。ちょっとしたアルバイト代ぐらいになるかもしれないぞ」

「わかってるよ《それが狙いだよ。アイナメのみりん干しは『脇森食品』の人気商品だからな。明日はクーラーボックス満杯にして叔父さんの工場に持って行くぜえ》」

「釣りもいいが、修士論文もきちんとやれよ」

「わかってるってば《またお説教かよ》」

「まあ、父さんも、医学部は六年制なのに卒業するまで八年かかったからな。小太郎が大学院までふくめて高卒から七年で卒業してくれれば御《おん》の字だ。じいちゃんの話は論文作成の役に立ちそうか？」

「じいちゃんとはまともに話なんかできないよ」

「そうか。でも時々突然まともになるんだ。まあ春休み中、気長にじいちゃんとつき合ってみるといい」

「はい、はい《あーあ、親父からの仕送りで生活している身としては、やっぱ頭上がんねーよなあ。ホームレスで暮らしていければそれが一番だけどなあ。東京だって冬は寒いし、たまには遊んだりしたいし、ホームレスだって厳しそうだもんなあ》」

「なんだ、ずいぶんつまらなそうな返事だな。田舎は退屈でたまらないか？」

「まあね。父さんはいつも楽しそうだね」

「父さんだって、いつも楽しいわけじゃない。ただ、息子の顔を見ると楽しくなるのさ。お前も年をとれば、息子の成長ぶりを眺めることがどんなに楽しいかわかるようになる」

「俺はもう成長なんかしねえよ」

「そんなことはない。小さいころはどんなことでも生まれて初めてのことだから、楽しいのが当たり前だ。映画だって小説だって、同じのを何度も見ればおもしろくなくなる。お前が、いろんなことが同じことの繰り返しのように感じられて退屈に感じるようになったとすれば、そのこと自体、お前がいろいろと人生経験を積んだ証拠だ。つまり、お前のつまらなそうな表情を見れば、父さんにはお前が成長して悩み多き時代に到達したことがわかるというわけだ。同じことの繰り返しは退屈だが、そこを辛抱することで、また一段成長できるんだ」

次の日、平成二十三年三月十一日は朝から雨模様だった。小太郎は、太郎を介護施設に送って行ったあと、釣りは後回しにして、「脇森食品」の工場を訪ねた。古株の社員は小太郎を小さいころから見知っているので、社長の浩次叔父にすぐに引き合わせてくれた。

「おお、小太郎、一昨日《おととい》帰って来たんだって？　もっと早く顔を見せてくれよ」

「うん、ほんとは魚をクーラーボックスいっぱい釣ってから来たかったんだけどね」

「ワハハ、釣った魚はこっちで買い取ってやるからいくらでも持って来い。太郎じいちゃんは若いころは漁師だったんだからな。じいちゃんの孫の腕前にも期待してるぞ」

「叔父さんも楽しそうだね」

小太郎がふさぎ込んだ表情でそう言うと、浩次は急に心配そうな表情になって尋ねた。

「何だ？　何か心配事でもあるのか？」

「叔父さん、どうしたらいいのかなあ。俺って何の役にも立たない男だろ？」

「何だ？　小太郎は何だって自分でできるじゃないか。就職がうまくいかないことで役に立たないなんて言ってるのか？　うちの会社でよければ、いつでも雇ってやるぞ」

「そんな気はないよ。言っちゃ悪いけど、やっぱ気仙沼で一生を終える気にはならないな」

「ワハハ、そりゃあずいぶんな言い草だ。で、何がやりたいんだ？」

「それがわからないんだ。ちょっと前まではギターで飯が食えればいいと思っていた。でも世の中そんな甘いもんじゃなかった」

「人は自分の思い通りに生きられるもんじゃないよ。何か好きなことがあるんだったら、それを仕事には選ばないことだ。叔父さんはゴルフが好きで、一時期、プロになろうかと思ったこともある。プロになるのは大変だけど、もし仕事をそっちのけにして猛練習して、プロの端っこにでももぐり込めたとしたら、今みたいにゴルフが好きなままではいられなかったと思うな。トッププロはともかく、並みのプロはマンデートーナメントから出場して毎回予選落ちして帰るだけだ。毎日雨の日も風の日もゴルフばかりして、ひょっとしたら予選通過できるかという緊張感でガチガチになって、毎度予選落ちする……そんなことを繰り返していたら、そのうちゴルフがいやになったと思う。

ミュージシャンだって同じことだと思う。プロといっても華やかなのは一握りのトップスターばかりだろう。一つぐらいヒットを飛ばしたとしても、客に飽きられたらおしまいだ。せいぜい温泉旅館のステージで酔っ払い相手に歌を歌うぐらいなんてところだろう。気が乗らないときだって演奏しなきゃいけないし、いやな客にも愛想よくしなきゃいけない。多少売れたとしても、レコード会社から客受けするように曲を変えろとか言われることだってあるだろう。ずいぶんいやな思いをしたり、不本意な作曲をしなきゃいけないことだってあるんじゃないかな。そんな業界で、世間受けのする曲を作ろうと必死になるよりも、いい本を読んだり、人生の経験を積んだりする方が本当の名曲を生み出すことにつながると思うよ」

「叔父さん、ずいぶんいいこと言うね。ありがとう」

「はは、百人以上も人を雇う会社を経営するには、叔父さんだってずいぶん苦労してるのさ。本だってずいぶん読んだ。確かゲーテだったな、『もし詩人が病んでるなら、まず回復することから始めるがよい。回復したら、その時に書くがよい』と言ったそうだ。お前も音楽で行き詰まりを感じているなら、一時音楽から遠ざかって、やる気を回復させることを考えたらどうだ？　なんだったら、春休み中にどこか旅行に行ったらどうだ？　誰も知り合いのいないところの方がのびのびできるもんだ。小太郎は英語が得意だったな？　海外旅行にでも行ったらいいじゃないか？　自分で言い出しにくいんだったら、叔父さんからお父さんに頼んでやってもいいぞ。

仕事は毎日しなくてはいけないから、どんなことでも必ず飽きるようになる。肝心なことは人生に飽きないことだ。仕事以外にときどきやる趣味を持つのが人生に飽きないための秘訣だと思う。

まあ、何事も、あまり気をもまないことだ。自分で何かできないといけないなんて思い込まないことだ。自分でできること以上を望まないことが、人生に不満を感じないために大事なことだ」

父親の前では反発ばかりしてしまう小太郎は、叔父の前だとなんとなく素直に話ができた。悩みを打ち明けて、小太郎は幾分か気持ちが軽くなった気がした。昼近くになって天候が回復したので、社員食堂で昼食をごちそうになったあと、岸壁まで出かけて釣りをすることにした。ところが、海面を覗《のぞ》いてみて驚いた。季節外れのサンマが海面をうめるほどに集まっている。寒い時期でも岸壁にはたいがい数人程度の釣り人はいるのだが、今はみんな釣りなどせずに網ですくっている。小太郎も、サンマがパニックを起こして逃げ出さなくてはならないような異常が深海底で発生していることには思いいたらず、夢中になってタモ網ですくった。たちまちクーラーボックスが満杯になりそうになった。そのときだ。足元から突き上げるような揺れが襲った。

「地震だ！」

釣り人たちがしゃがみ込んで声を上げた。

周囲に高い建物はない。立っていられないほどの揺れがおさまるまで人々はしゃがみ込んでいたが、さほどの恐怖は感じなかった。遠くのビルが揺れているのは見えたが、見える範囲では建物が倒壊したりといった被害はなさそうだった。だが、これでは釣りどころではない。小太郎は太郎を迎えに介護施設に向かうことにした。

運転席に座ってエンジンを始動しようとした時、チャチャンチャーン、とロッキーのテーマ曲が鳴った。小太郎は携帯電話に出た。父の浩太からだった。

「小太郎、無事か？　釣りをしているだろうと思ってな。津波が来るかもしれないからすぐに海から離れろよ。じいちゃんを連れてすぐに帰って来い」

「わかった。すぐ帰るよ。じゃあね」

電話を切って、エンジンを始動させるなり、小太郎は車を発進させた。

カーラジオは大津波警報を報じている。一本しかない幹線道路は高台へ向かう車ですでに渋滞気味になっていた。小太郎が釣りをしていた岸壁から介護施設へは高台へ向かうコースなので、到着までけっこう手間取ってしまった。

介護施設に着いてみると、てんやわんやの状況だった。津波の際の避難マニュアルとしては、通所者は帰宅させ、入所者は二階に避難させることになっていた。だが、地震と同時に停電になり、エレベーターが使えないので、入所者一人に職員が数人がかりで二階に運び上げているところだった。

昨日の朝に顔を合わせた職員が小太郎を見つけて声をかけた。

「あっ、脇森さんのお孫さんね。脇森さんは玄関わきにいます。私たちは入所者を二階に上げなくてはいけないので、手がいっぱいなんです」

通所者たちは玄関わきのソファに並んで座って家族の迎えを待っていた。

「よし、じいちゃん、無事だね。すぐに家に帰ろう」

「待て、小太郎。俺を連れて逃げるのは無理だ。俺はここに残る。お前は俺を三階に背負って行け。俺はここの三階で持ちこたえる。お前は裏山伝いに家に帰れ。車は渋滞で使えない」

太郎がまともに戻っている。小太郎は今回の帰省で初めて太郎じいちゃんがしゃんとしているところを見て驚いたが、職員たちでも二階までの避難で十分と見ているのに三階に連れて行けというのは、まだ少しぼけているのだろうか。裏山は小さいころの遊び場で、もちろん実家までの道に迷うことはない。だが、渋滞なしだと実家までは車でほんの五分の距離である。多少渋滞したとしても、津波到達までには避難できるだろう。津波が本当に来るかどうかだってあやしい。小太郎が高校生になったあとから数えても、宮城県は何度も地震に見舞われている。何度か津波警報は出されたが、気仙沼は一度も防潮堤を越えるような津波に襲われたことはなかった。小太郎は、太郎の判断を信用しなかった。

太郎を無理やり車に押し込んで自宅に向かった。介護施設は気仙沼の中心街の東にある。介護施設から中心街の実家に行くには、最短距離だと山越えになるが、車だといったん海岸近くに下りなくてはならない。海岸に向かう車線は空いていたからスムーズだったが、海岸から気仙沼の中心街に向かう幹線道路はすでに完全に渋滞してピクリとも動かない。介護施設につながる枝道から幹線道路に入る交差点の信号が停電で消えており、どうにも入りようがない。非常電源で作動する津波警報のけたたましいサイレンがあちこちの警報器から鳴り出した。対向車線は空いているのだが、ここを車で走るべきだろうか？　でも、どの車も対抗車線を走ろうとしないのに、自分だけ行くのは気が引けた。

「もう仕方がない。小太郎、じいちゃんを車に置いて、お前は車を乗り捨てて走って逃げろ」

「そんなわけにはいかないよ」

小太郎は、ちょうど目についた、すでに一家避難してしまったらしい家の玄関先に押し込むように車を止めて、太郎を車いすに乗せて駆け出した。幹線道路に出ると、対向車線は空いているから、ここを必死に走った。だが、すぐに息切れがする。なにしろ小太郎は、ここ何年も全力疾走は百メートルだってしたことがないのだ。

「小太郎！　じいちゃんにかまうな！　捨てて逃げろ！」

そんなわけにはいかない。つい今の今まで、ぼけたじいちゃんを見るのは恥ずかしいと思い、自殺願望をかかえていた小太郎は、津波が背後に迫るのを感じるや、何が何でもじいちゃんを自宅に無事連れ帰ろうと必死になって走った。

それでも津波は小太郎たちに追いついた。波に押し倒される直前、小太郎は手近に流れる材木に目をやった。《あれにつかまれば波の先端に乗って終着点まで行けるかもしれない》小太郎は、太郎の襟首《えりくび》を引っつかむと、流木に向かって地面を蹴った。次の瞬間、冷たい真っ黒な波が小太郎の頭まで呑み込んだ。そして、小太郎の意識は漆黒《しっこく》の闇《やみ》の底深く吸い込まれていった。

＊

地震が起きたときは、浩太は午後の診療の最中だった。激しい揺れでカルテが棚から落ちたりしたものの、ビル本体の被害はなかった。すぐに停電になり暖房も止まった。これでは診療どころではない。職員も自宅の被害が心配だろうし、その日はとりあえず休診することにして職員たちも帰宅させた。小太郎に帰宅を促す電話をしたあと、津波警報のサイレンが鳴りだしたので、避難のために妻の幸子と一緒にビルの四階まで上がった。開業当初は積極的に入院患者を受け入れていたが、政府の医療費抑制政策で有床診療所としては経営が成り立たなくなり、今は入院患者はいない。

四階の窓から海の方を眺めていたら、まさに大津波が押し寄せてきた。見ると、車いすを押して走ってくる若者がいる。

《小太郎だ！》

浩太は窓から身を乗り出して小太郎に声をかけた。

「小太郎！　後ろを振り向くな！　まっすぐ走れ！」

だが、息子の姿は津波に呑まれた。浩太は階段を駆け下りた。小太郎に気づいた幸子もあとを追った。

医院は港からまっすぐに延びる幹線道路の突き当たりにある。道路はここでほぼ直角に駅の方に曲がっている。小太郎は流木につかまって医院に向かって流されてきた。津波は玄関前の駐車場に達し、さらに玄関の自動ドアを破って建物の中にまで浸水してきた。小太郎の体は玄関のすぐそばに漂着した。浩太は迷わず水にざぶざぶと入った。一階の水かさは膝より少し深い程度だ。水は氷のように冷たい。海水に混じるヘドロの悪臭が耐え難いが、今はそんなことを言ってはいられない。玄関を出ると、股まで水に浸かった。だが、それ以上水かさは増えないようだった。浩太は水をかき分けて必死に小太郎に近づき、引き波が起こる前に小太郎を捕まえた。あたりを見回したが、太郎の姿はどこにも見えない。小太郎の体を仰向けにして、横に向けた顔を叩くと真っ黒なヘドロ混じりの海水を吐き出して呼吸を回復した。だが、いくら呼び掛けても意識は戻らなかった。浩太は小太郎をかかえて建物の中に入った。幸子と二人がかりで小太郎を四階の病室に運び上げ、濡れた衣服を脱がせた。そのとき、小太郎が右手にしっかりと太郎の襟《えり》巻きを握りしめているのに気がついた。ちょっと力を加えたぐらいでは離さない。

そこで濡れた襟巻きはそのままにして、裸の小太郎をベッドに寝かせて乾いたタオルで冷え切った体を摩擦して温めた。

幸子も必死で小太郎の体をこすろうとする。

「いや、これは俺がやる。母さんはペットボトルにお湯を入れて持ってきてくれ。湯たんぽにするんだ。カセットガスコンロがどっかにあったろう」

浩太は幸子に声をかけて乾布摩擦をやめさせて一人で摩擦を続けた。間もなく幸子はお湯を入れてタオルにくるんだペットボトルを二つ持ってきた。そのころには小太郎はずいぶん生気をとり戻していた。息子に寝間着を着せて、ペットボトルの湯たんぽを両わきにあてがって布団を掛けて、浩太はようやく一息ついた。それから自分の濡れた衣服を着替えて、小太郎が握りしめていた襟巻きをなんとか手からはずした。だが、意識は戻らなかった。

その晩、気仙沼は大津波の寄せ波と引き波に何度か襲われた。津波に巻き込まれる恐れがあるので太郎を捜索することはできなかった。医院ビルの窓から見える範囲には、太郎じいちゃんもよその人も見当たらなかった。

ウスリー川

「脇森、脇森伍長、しっかりしろ」

という声がして、誰かが自分の体を揺すぶるので、小太郎は目を覚ました。

見たことのない木造家屋の中だった。小太郎は木製の寝台に毛布一枚を掛けて寝かされていた。

「うん？　ここはどこですか？」

「あっ、気がついたな。よかった、よかった！」

小太郎は、戦争映画が好きで、レンタルショップに並んでいる日本の戦争映画はほとんど見てしまったぐらいである。映画に出てくる旧日本軍の制服を着た、三十歳ぐらいの見知らぬ男が小太郎を揺すぶるのをやめてうれしそうに声を上げた。

「脇森は、近くのウスリー川で釣りをしていて波に呑み込まれたのだ。ここがわからないのか？」

「えっ、ウスリー川？」

「何も覚えていないのか？　本日は大詔奉戴日《たいしょうほうたいび》で休日なもので、数人の監視を残して俺たちは釣りに出かけたのだ」

「タイショーホウタイビ?」

「昭和十六年の十二月八日は、対米英戦の大詔が発せられた日だ。それ以来、毎月八日は大詔奉戴日として、軍務を休んでよいのだ。本当に大詔奉戴日もわからなくなったのか?」

《何だ、これは? 夢か? それとも死後の世界ってやつか? 俺は死んだのか? じいちゃんはどうなったんだ?》

「ちょっと待ってください。何が何やら、よくわからない」

そのとき、自分が寝床の中で裸でいて、手ぬぐいみたいなへんてこな布を股間にあてているのに気がついた。

《何だ、これは! 時代劇に出てくる越中ふんどしじゃないか! あっ、頭が丸刈りになってる!》

小太郎は毛布の下でもぞもぞと自分の体をなで回した。

「裸でいることか? 体が冷え切っていたもので、下着を脱がせて乾いた布で全身をこすって温めたのだ。今は夏だし、体温はじきに戻ったのだが、それでも気を失ったままだったので、分隊長室に運び込んで寝台に寝かせてしばらくようすを見ていたのだ。俺が脇森の看病をすることにしたのだが、先ほど唸《うな》り声を上げたので、揺すぶったら目を覚ましたのだ」

「そうか、どうもこれまでのことをすっかり忘れてしまったみたいなんです。順を追って話してくれませんか」

するとその男は小太郎を再び揺すぶろうとした。

「脇森、しっかりしろ！　俺はお前が無事でいてくれただけでうれしいが、お前がしっかりしてくれないと、小平《こだいら》兵長たちがのさばることになるぞ」

「ちょっと落ち着いて！　もう目は覚めてます。で、コダイラ兵長って誰なんですか？」

「小平秀夫《ひでお》と言って、この監視所の分隊の古参兵だ。分隊長は俺だが、小平兵長の方が軍隊での経歴が長いのだ。軍隊では『星の数よりメンコの数』と言われて、階級を示す星の数よりも軍隊で食った飯の数、つまりメンコの数の多い方が威張る風潮がある。指揮系統としては分隊長の命令に従わなくてはいけないが、小平兵長は何かと口答えしたり、ことあるごとに俺に逆らうような態度を見せるのだ。その上、俺に口答えするのをまわりにひけらかすようなところがあり、小平兵長のそういう態度を崇拝するような、なんというか、町でいきがるやくざに惹《ひ》かれるチンピラみたいに、小平兵長の子分のようになっている隊員も何人かいるのだ。もし、伍長のお前が記憶を失ったなどということになると、俺が分隊長室に引き揚げてしまったあとでは、どんな勝手をやりだすかわからん。小平兵長は気に入らない部下に対する制裁など常軌を逸した残忍さだし、官物を横領するぐらいのこともやりかねない」

《どうも、これはタイムスリップというやつらしいぞ。おまけにどうやらじいちゃんと体が入れ替わったらしい。じいちゃんは大正十年の二月生まれだから、ええと、大正を西暦に換算すると、大正十年は一九二一年、じいちゃんは終戦の一九四五年には二十四歳、今の俺と同い年か。とにかく、うかつなことを言うとやばそうだ。とりあえず今の状況を確認してなるべく順応するようにしよう》

小太郎は、事情がよく呑み込めないながらも言葉遣いを軍隊式に改めることにした。

「では、自分が記憶を失ったのは、自分と分隊長殿だけの秘密にいたしましょう。ほかの連中が戻る前にこれまでのことをできるだけ教えてください」

「うむ、ここは虎頭《ことう》要塞から五十キロばかり南の国境監視所で、第十八分屯所と言う。一応、交代で望楼に立ってソ連との国境であるウスリー川を監視はしているが、ソ連との間には日ソ中立条約があるから、毎日定時に『異状なし』の報告を打電するだけが仕事みたいなものだ。冬にはウスリー川が凍結して、歩いて渡れるようになるのだが、川の中ほどにこっちから牛缶を置いておくと、翌朝には向こうがジャガイモの袋を置いて行ってくれるというようなこともあった。太平洋で激戦を繰り返している友軍兵士たちに申しわけないぐらいの、のんびりした任務だ。で、今日は大詔奉戴日なものだから、監視当番と数人の連絡要員を残しただけで、釣りに出かけたのだ。釣り針や釣り糸は漁師だったお前の秘蔵のものでな、釣りをするのはお前だけで、ほかの隊員は、川向こうのソ連兵がこっちの釣り行事に妙な動きをしないか監視するのがタテマエとしての任務だ。本当のところは、狭い分屯所にこもっているより、天気のいい川べりで暇つぶしをしようということで、不必要なぐらい大勢くっついて行ったわけだ。そうしたら、何か根がかりを起こしたものか、針がひっかかって動かなくなった。根がかりのときは、普通は糸を引っ張って切ってしまうところだろうが、ここでは針も糸も貴重なもので、お前が下着だけになって川に入って針を引っかかったところからはずそうとしたのだ。腰が隠れる程度の深さで、別段溺れるようなところではなかったのだが、顔を川に沈めて針を見つけようとしたところ、急に川に大渦が生じて、お前はその渦に巻き込まれたのだ。風も穏やかな上天気の日で、なんでそんな大渦ができたのか、さっぱりわからんが、見ていた自分たちにもどうすることもできなくてな。渦がおさまってみるとお前が気を失って水面に浮いていたのだ。すぐに引き上げて、分屯所に運んで……あとは先ほど話したように、あれこれ処置して、目が覚めるのを待っていたわけだ」

小太郎の大学の卒論は「満州国の終焉《しゅうえん》」がテーマだった。おかげで、旧満州国の地理は頭に入っている。虎頭要塞は満州国東部のソ連との国境地帯にあった日本軍の要塞だ。シベリア鉄道が満州領内から望見できるのは、ハバロフスク‐ウラジオストク間八百キロの間に、ただこの虎頭の地点のみだったので、堅固な要塞を築いて、いざ開戦というときには長射程砲でシベリア鉄道を破壊して、ソ連軍の補給の大動脈を遮断してしまう計画だったのだ。ここがそこから五十キロ南のウスリー河畔ということは、ソ連軍が侵攻してきたときには真っ先に壊滅する位置にあるということだ。

「そうでありましたか。自分ではさっぱり覚えていないのでありますが、ずいぶんお世話になったんですね。ところで分隊長殿のお名前をお聞かせ願えますか」

「俺の名前もわからないのか！　俺は陸軍軍曹・稲沼栄二《いなぬまえいじ》だ。この分屯所勤務も、もう一年半になる。今年の五月に軍曹に昇進して分隊長になったのだ。お前は昭和十六年に二十歳で徴兵検査に甲種合格し、翌十七年一月に現役兵として徴兵された。内地での訓練抜きで、初めから満州の前線部隊に送られ、二年間の訓練を終えて、昭和十九年一月から兵長としてこの分屯所に配属になったのだ。俺とお前は、元いた部隊は違うが、この分屯所に異動になったのは同じ日付でな、なんとなくウマがあった。俺が軍曹になったときにお前は伍長に昇進し、俺の片腕として部下のまとめ役になってくれていたのだ」

そのとき、部屋の外が騒がしくなった。みんなが小太郎のようすを見に来たようなので、二人は話をやめた。小平兵長がノックして分隊長室のドアを開けた。

「あっ、脇森伍長殿、気がついたのでありますか」

「おお、小平兵長か、心配かけたな」

小太郎は、旧日本軍の階級章は、見ればすぐにわかる。兵長の階級章をつけたがっちりした体格の三十歳ぐらいの男が先頭で入って来たので、こいつが小平兵長と見当をつけたのだ。ほかに上等兵の階級章をつけた小太郎と同年ぐらいに見える男が二人あとから入ってきた。この連中が、稲沼分隊長が言っていた、小平兵長の「子分」たちなのだろう。一人は小太郎の着替えを持って来ていた。もう一人が直立不動の姿勢で言った。

「夕食の準備ができました」

稲沼が小太郎に気を遣って声をかけた。

「今日はあんなことのあったあとだし、こっちに運んでもらうか？」

「いいえ、もう大丈夫であります。服を着たら自分は元のところに戻ります」

小太郎は、三人が分隊長室を出たあと、ふんどし姿を人に見せるのは気が引けたが、軍隊では仕方がないのだろうと観念して、分隊長の前で着替えた。

服を着ながら、大詔奉戴日は八日だということを思い出した。

「あのう、今は何月なのでありますか？」

「八月だよ」

「すると今日は昭和二十年の八月八日なのでありますか？」

「そこまでわからなくなっているのか。その通り、昭和二十年の八月八日だ」

《マジかよ！　やばいじゃん！　じいちゃんが「露助《ロスケ》は八月八日に攻め込んできた」と何度も言っていた。八月八日の何時なのかまで聞いときゃよかったな。そうだ、今が夕食だとすると、いったい何時なんだ。表はけっこう明るいぞ》

枕元に腕時計が置いてあった。手にとってみると止まっている。

「時計が止まっておりますね。水に濡れたのかな」

「いや、お前は腕時計を水島《みずしま》一等兵に預けてから川に入って行った。お前がここに運び込まれて、水島が枕元に腕時計を置いたときには確かに動いていたぞ」

「水島一等兵というのは？」

「五月に来た新入隊員の一人だ。名前は水島羊一《よういち》。もう四十過ぎで、満州中央銀行、通称中銀で出納係をしていたそうだが、根こそぎ動員で四月に召集され、一期検閲も済まないうちにここに配属になったのだ。軍隊のことなど何もわからないのだから仕方がないが、動作がにぶいもので、小平兵長にしょっちゅうビンタをもらっている。お前が多少かばってやっているので、時計を預かったりするような細かいことに気を遣ってくれるのだろう。四十がらみの隊員は一人だけだから、すぐにわかるだろう」

「そうでありますか。でも、時計の方はさっぱり動きませんね。電池切れかな」

「はあ？　時計と電池と何の関係があるんだ？　ねじを巻けば動くだろう」

「そうか、ここのねじを巻けばいいのか。《そうだよなあ。この時代に電池式の時計なんかあるはずないよな》おお、動きました！　それで、今は何時でありますか？」

「俺の時計では六時半だ。毎朝ラジオの時報に合わせるから正確なはずだ」

《そうか、このあたりは緯度が高いから夏は日が長いんだ》

小太郎は時計の時刻を合わせながら、ソ連軍の攻撃開始までどのぐらい余裕があるのか気がかりになった。

《とにかく夜までここにいたら全滅だ。なんとか避難しなくてはいけないが、理由もなしに任務放棄というわけにもいかない。どうしたらいいんだ？　じいちゃんはどうやって助かったんだよ？》

食堂に行ってみると、すでに食事の準備もできてみんな着席していた。分隊長と小太郎が入ってきたのを見て、一同が起立して敬礼した。小太郎も空いている席に着いて敬礼した。

「今日は、あんなことがあったばかりだから、小平、お前が脇森に代わって点呼をしろ」

分隊長が命ずると、兵長は慣れたようすで気合の入った声を上げた。

「気をつけえっ、分隊長殿に頭右《かしらみぎ》、第十八国境監視所分隊総員十二名、欠員三名。番号ッ。イチッ」

それからしばらく間があいた。

「脇森、普段はお前が点呼して、お前がイチから始めるのだが、今日は小平から始まったから、お前がニだ」

分隊長から声をかけられてあわてて「ニ！」と声を出す。間髪を入れず、「サン、シイ、……」と番号称呼が続き、九まで各自に番号を唱え終わると、小平兵長が続けた。

「以上九名、欠員の内訳は望楼監視当番三名、異状なし」

小太郎は、周りを見習ってなるべくきびきびとふるまった。並んでいる隊員を見ると、小平兵長が小太郎の向かい合わせの位置で、ほかに上等兵が四人、一等兵が三人いた。分隊長が、四十がらみの隊員は一人しかいないと言っていたから、末席の中年兵が水島だろう。その向かいに高校生ぐらいの一等兵が座っているのが目についた。

「よし、今日はたいへんだったな。脇森も、体の方は大丈夫と言っている。さあ食事にしよう」

「本日は大詔奉戴日ですので、酒の特配があります」

小平兵長が一升瓶を持ち上げて、分隊長に日本酒を注《つ》いだ。次に小太郎にも注ごうとしたが、小太郎は断った。

「いや、今日はあんなことがあったあとだしな。俺は酒はやめておく」

小太郎は、酒はいける方だが、今夜のソ連軍の猛攻のことを考えると、酔っぱらってしまうわけにはいかない。少し食事が進んだところで、監視当番の一人が入ってきた。

「露助《ロスケ》の動きがおかしくあります」

上等兵の階級章をつけた若い兵隊が報告した。避難の口実を探していた小太郎は、酒の入った湯呑みを置いて腰を上げようとする稲沼分隊長を制して、まず自分が望楼に行って確認することにした。

分屯所は、ウスリー河畔の小高い丘の上にあった。ウスリー川は漢字では烏蘇里江《ウスリーこう》と書く。その名の如く、水の色は烏《からす》のように黒い。川の色がなぜ黒いのかはわからなかったが、黒い川を眺めて小太郎は津波を思い出した。

《あの津波の水も黒かった。気仙沼の黒い水に呑み込まれて、ここの黒い水に浮かび上

がったわけか》
そのままでもウスリー川の向こう岸は見えるのだが、望楼は高さ五メートルほどもあった。監視当番の兵隊は、上等兵一人と一等兵二人だった。小太郎は心の中で計算した。
《ということは、夕食のときに見かけたのが上等兵四人と一等兵三人だったから、この分屯所の兵員は軍曹が分隊長一人、伍長が太郎じいちゃん一人、兵長が小平一人、それに上等兵五人と一等兵五人の総計十三人ということになるわけだ》
向こう岸にはソ連側の国境監視所があり、向こうの望楼からもこっちを眺めているのが見えた。監視当番の話では、いつもは夕暮れ時には望楼当番以外全員屋内に引っ込むのに、今日に限って何か連絡の伝令みたいに兵隊たちが行き来しているというのだ。小太郎が望楼に登って双眼鏡をのぞいて見ると、確かに何やらあわただしい動きが認められた。だが、その向こうの白樺林を見て、小太郎は息を呑んだ。巧妙に偽装されているが、大砲が何門もこちらに向いているのだ。
「何を監視していたのだ！　兵隊の動きよりも、見ろ！　林の中に大砲が隠されてあるぞ！」
ほかの隊員も小太郎の指さす方を見てすぐに気づいた。すぐに分隊長を呼んだ。分隊長も容易ならぬ事態だと確認した。

「本隊に連絡しましょうか？」

望楼当番の一人が声をかけた。

「一昨日《おととい》、ここと虎頭の中間地点あたりの国境監視哨が攻撃を受けたばかりだ。そのときは夜明けとともにソ連軍は攻撃を中止して、その後はなにごともなく経過しているが、その二日後にここでもこれだけの大砲を配備しているということは容易ならぬ事態だ。よし、本隊に連絡しろ。『第十八分屯所対岸のソ連軍に戦闘準備の動きあり。わが分隊は後方に退避して敵を迎撃《げいげき》する決心なり』以上、暗号に組んですぐに打電しろ。ほかの全員は退避の準備だ。敵から先制奇襲を受けたときの備えとして後方に塹壕《ざんごう》陣地が築いてある。そこに退避するぞ」

小太郎も荷造りを始めた。背嚢を手に取ると、すぐには持ち上げられないぐらい重い。

「いつ何があるかわからない戦場では、いつでも軍装を整えておかなくてはならないんだぞ」じいちゃんは、小太郎が小さいころ、ランドセルを放り投げて遊びに行こうとすると、そう言って戒《いまし》めたものだった。中を確かめると、弾薬、着替えの服、食糧などがきちんと手際よく詰められていた。あとは小銃と鉄帽《てつぼう》（ヘルメット）を持てば、完全軍装準備完了である。

《じいちゃんは、ちゃんと自分で言ったことを守っていたんだな》

背嚢の左わきには分解された円匙《えんぴ》がくくりつけられていた。

《これがじいちゃんの言っていた円匙だな》

円匙とは携帯用の組み立て式シャベルである。円匙は塹壕掘りの必需品であり、兵隊の装備品として各自に支給されていた。小太郎は、祖父の太郎が、実戦のときには重い日本刀よりも軽い円匙の方が役に立つと言っていたのを覚えていた。

「戦争のときには、とにかく歩かなくてはならない。重いものを持っていたらそれだけでへばってしまう。そして、重いということは早く振れないということなのだ。同時に相手の面に切りつけたら、早く振った方が勝つ。だから、日本刀より円匙の方が実戦では役に立つ。塹壕掘りで研ぎすまされた円匙の切れ味は刀に劣りはしない」

小太郎が中学生のときに剣道の初段をとった際、太郎が真剣勝負の心構えを教えるということで、床の間の前に小太郎を呼んで、そう言ったのだ。小太郎は《えーっ？　じいちゃん、本当に人を斬ったことあるのかよー》と思ったが、なんとなく言いそびれて、その言葉は心の中に呑み込んだ。

ちょっと背嚢からはずして円匙を組み立ててみた。塹壕掘りでずいぶん使い込まれたらしく、その刃は非常に鋭い。

《本当にじいちゃんはこいつで人を斬ったんだろうか？　斬ったとすればいつなんだろ

う？　じいちゃんのいた満州で戦闘があったのは、今夜以降だから、これからのことなんだろうか？》

小太郎は、少しばかり物思いにふけったあと、気を取り直して円匙を元の通り分解して背嚢にしっかりくくりつけた。そのとき、小平兵長も携行品の点検を終えたらしく、背嚢を一度床に下ろして、小太郎の向かいでぶつくさ言った。

「あーあ、今夜の宴会はおじゃんかよ。ソ連軍が大砲を準備しているからと言って、今夜直ちに攻撃して来るとは限らねえだろうぜ」

小太郎は、じいちゃんなら脇森太郎伍長として、こんなときはみんなの気持ちをまとめるために何か言うはずだと考えて、ほかのみんなに言い聞かせるように話した。

「いや、敵は必ず今夜奇襲を仕掛ける。《それは史実なんだよ》奇襲する気でないなら、林の中に大砲を隠す意味がない。単に日本軍に攻め込まれないための準備であるなら、むしろ威嚇のためにこれ見よがしに砲列を並べるはずだ」

「しかし、中立条約は来春まで有効であります」

「条約など一片の紙切れにすぎない。日本は今、アメリカとの戦争でたいへんな状況だ。棚からぼた餅が落っこちそうになっているときに、露助《ロスケ》が中立条約を守ってぼた餅を拾わずにいてくれると考えるなら、それはあまりにお人よしだぞ」

「でも、今夜ではなく明日か明後日かもしれないではないですか」

「小平兵長、宴会ができないことがそんなに残念なのか。だが、お前が敵ならどうする？　奇襲を仕掛けるなら、敵が宴会で浮かれているところを狙うだろう。敵は必ず今夜奇襲してくる。すでにこの分屯所に照準を合わせてあるはずだ。こんな木造家屋は初弾で木っ端みじんだ。すぐに後方に退避する。これは分隊長の命令だ」

ようやく満州の長い日も暮れようとしていた。おりから篠突くような豪雨が降り出して、分隊の退避行動を隠してくれた。敵が砲撃で日本軍を全滅できたと判断してくれればそのまま脱出できるかもしれない。塹壕の上に天幕《てんまく》を掛けて雨をしのごうとしたが、上からの雨は天幕で防いでも、塹壕は周囲より低いので、周囲から水が流れ込んで塹壕の中は次第に水浸しになった。

「あーあ、こんな日に野宿はつれえなあ。小銃なんかより一升瓶かかえて来たかったぜえ」

少し離れたところで、小平兵長が聞こえよがしに愚痴《ぐち》をこぼしている。

大陸は昼と夜の寒暖の差が激しい。日中の暑さとは打って変わって冷え込んできた。どうしても体が濡れるので寒さがこたえる。

「伍長殿、寒いですね。敵さん、本当に来るんでしょうか」

隣で塹壕から頭を出して敵の方をにらんでいる水島が不安そうに言った。塹壕は丘の陰になっているので、敵からもこちらは見えないが、こちらからも敵は見えない。丘の稜線近くまで出ている当番兵は潜望鏡みたいな道具で敵を見ることができるが、水島がいくらにらんでも、見えるのは丘の上の分屯所だけである。だが、不安な気持ちでどうしても敵の方角を見たいのだろう。

「ああ、来るよ。何時とまでは言えないが、必ず夜のうちに仕掛けてくる。たぶん日付が変わる前のはずだ。歩哨《ほしょう》は交代でやることになっているから、水島も今のうち眠っておけ」

小太郎は自分でも驚くほどに、兵隊言葉がスムーズに口をついて出るようになった。話し言葉は頭で考えるより先に口をついて出ることが多い。話す内容を考えるのは小太郎でも、話すのは若き日の太郎の口だから、反射的に兵隊言葉になってしまうのかもしれない。小太郎は塹壕の中で背嚢に腰を下ろして、両手でかかえた小銃によりかかって、毛布をかぶってなんとか眠ろうとした。だが、ときどき雷が鳴ったりするものだからなかなか眠れない。少しうとうとしたら、突然周囲が明るくなったので目を覚ました。敵が照明弾を上げたのだ。

いくつもの照明弾に照らされて、分屯所の建物が夜空を背景にくっきり浮かび上がった。次の瞬間、分屯所は炎につつまれて無数の材木の破片が噴き上がるのが見えた。少しおいて腹に響くような衝撃音が塹壕を震わせた。さらにしばらく時間をおいて、熱気を帯びた爆風が塹壕の上を吹き過ぎるのが感じられた。塹壕と分屯所建物との間は五百メートルばかり離れている。光速、音速、風速のそれぞれのスピードの違いによって、こうした時間差が生じたのだろう。

分屯所のあたりは煙につつまれて何も見えなくなった。小太郎も塹壕から頭を出して双眼鏡でそのようすを目の当たりにした。照明弾が明るいので時計も読めた。午後十一時三十分。《じいちゃんの言った通りだ。ソ連軍は、日付が変わる前に攻撃してきたんだ》

「伍長殿、分屯所がやられましたね」

水島が声を上げた。

「これでわれわれが全滅したと思ってくれればいいのだが……」

すると今度は、敵砲は分屯所の後方をめくら撃ちにしてきた。塹壕があることまではわからなくとも、兵隊が何人か脱出したぐらいは想像したのかもしれない。こっちだって望楼と分屯所との間にあわただしく伝令を出したり、普段の「異状なし」とは明らかに異なる暗号電報を発したりしたのだから、敵側も、日本側に奇襲を感づかれたとは思ったのだろう。もう、顔を上げることもできない。《ほんの十三人に対してこんな大量の砲弾の雨って、ソ連軍の連中頭がおかしいんじゃないか》雨の中、周囲に次々と砲弾が落下し、土砂と泥が噴き上がって頭から降りかかってくる。もう天幕など何の役にも立たない。耳をつんざくような爆発音、体が浮き上がるような衝撃が間断なく襲ってくる。ヒュルヒュルという砲弾が落下する音が聞こえると今度こそ自分に直撃弾が飛んでくるような気になる。小太郎は激しい恐怖に襲われた。膝頭が震え、歯がカチカチと音を立てた。《どうしたらいい？》砲弾は次々と飛んでくる。絨毯爆撃《じゅうたん》という言葉は知っていたが、これは絨毯砲撃だ。一定の範囲にしらみつぶしに砲弾を集中する気らしい。弾幕は建物に近い方から次第に遠方へ、つまり塹壕に近づくように迫ってくる。このまま じっとしていたら直撃をくらいそうだ。何かの本で、「一度砲撃を受けた同じ砲弾跡には砲弾は飛んで来ない」ということを読んだ気がする。弓の練習でも、いくら同じ黒丸を狙っても、矢が命中してできた同じ穴にもう一度矢が命中することはないようだ。迷信かもしれないが、小太郎は少し離れた砲弾穴に移動することにした。砲撃は間断なく行なわれてはいるが、「しらみつぶし」の範囲もそうとう広いので、局所的には多少の間隙があく。いくつもある砲弾穴のうち、着弾時の煙がおさまってしばらく時間が経った穴に目星をつけて、わずかの間隙を突いて飛び込んだ。それを見て水島も同じ砲弾穴に飛び込んできた。砲撃は小一時間ばかり続いたが、小太郎は無事だった。ようやく静かになったあと、小太郎は水島に声をかけた。

「水島、無事か？」

「はい、自分は大丈夫であります」

そっと頭を上げてみると塹壕の、小太郎がいたあたりも砲弾で大きくえぐられている。

《あそこにじっとしていなくてよかった》

「みんな大丈夫か？」

分隊長が声を上げた。

「自分と水島は無事であります」

小太郎が返事をした。

「自分は大丈夫ですが、中田と塚本がやられました。ほかにも直撃をくらったやつがいるようです」

小平兵長が返事をした。それから損害を調べてみると、十三名のうち五名が直撃、ないし至近距離で爆圧を受けて即死していた。それにしてもものすごい砲撃だった。「闇夜の鉄砲」は当たらないことのたとえだが、「闇夜の大砲」で、散開した十三名のうち五名が即死というのだから、いかに密度の濃い射撃をしたかがわかるというものだ。あたりには硝煙と血のにおいが立ち込めている。そのとき、稲光があたりを照らして、四散した手足や、はらわたや眼球の飛び出した死体が目に飛び込んできた。凄惨な戦場のようすを見て、小太郎は吐き気がしてめまいがした。

ほかに、食事のときに高校生ぐらいに見えて目についた一等兵が、右肩に砲弾の破片が突き刺さって負傷していた。衛生兵が破片を抜いて包帯をあててやろうとしている。兵隊二人が天幕を広げて雨をしのぎ、水島が懐中電灯を照らして処置しようとしたが、麻酔がないので、猛烈に痛がる。それで、小太郎が押さえつけてやることになった。この作業に集中したので、倒れ込んでしまいそうなところをかろうじて気持ちをしっかり保つことができた。

あとで分隊長から聞いたところ、若い一等兵は柴崎宏《しばざきひろし》といって満蒙開拓青少年義勇軍で訓練中に兵隊にとられたのだという。

分隊長は、敵が見える地点まで前進して、敵に渡河の動きはないことを確認して戻ってきた。小太郎と小平兵長が呼ばれて相談を受けた。

「敵は直ちに渡河はして来ないようだ」

「おそらく虎頭要塞攻略に大部隊を振り向けるため、虎頭要塞に近い地点で渡河する気なのでしょう」

「小さな国境監視哨ぐらいは砲撃による制圧のみで十分ということなんだろうな」

「今のうちにここを撤収してもっと後方に下がりましょう」

「敵襲のときには、われわれも虎頭要塞に立てこもることになっておりますが……」

小平兵長が口をはさんだ。

「虎頭要塞は敵の攻略の第一目標になるはずです。すでに蟻《あり》の這《は》い込む隙もないぐらい包囲されているでしょう。通信機も破壊されたので連絡のしようはありませんが、虎頭要塞には向かわず、第五軍司令部のある掖《えき》河《が》を目指すべきです」

虎頭要塞に立てこもった日本兵は、間もなく通信手段が破壊されて外部と連絡できなくなり、八月十五日の終戦も知らずに戦い続けて激戦の末に八月下旬に玉砕する。そんなところに行ったらおしまいである。小太郎は必死で分隊長を説得した。

「よし、遺体を埋葬したら掖河に向かって出発する。みんな、荷物はできるだけ軽くしろ。食糧と毛布は絶対に持て。銃弾と手榴弾を半量ぐらいにしろ。とにかく鉄道線に出るまで西に向かう」

しばらくの沈黙のあと、決心したように分隊長が命令した。

満州略図

ソ連
黒竜江
車陸湾子
仏山
ブラゴヴェシチェンスク
トゥイルマ
ハバロフスク
黒河
満州国
満州里
黒竜江
呼倫湖
ハイラル
ウスリー川
鶴崗
佳木斯
虎頭
アルシャン
チチハル
松花江
虎林
外蒙古
ハルビン
興凱湖
白城子
牡丹江
綏芬河
新京
鏡泊湖
図們
吉林
ウラジオストク
敦化
中国
四平
豆満江
鉄嶺
白頭山
赤峰
遼河
奉天
通化
錦州
朝鮮
安東
鴨緑江
葫蘆島
営口
鞍山
北京
日本海
渤海
大連
天津
旅順

撤退

九日の朝日が昇る前にある程度進み、林の中で朝食休憩をとった。雨は夜明け前にやんで、明るくなるとソ連機がわがもの顔に空を飛んだ。友軍機は果てしない大空にただの一機も見当たらない。敵機に見つかったら機銃掃射を受ける。危なくて明るいうちは道路を歩けない。昼に寝て夜に行軍することになった。

それにしても、若いころのじいちゃんはずいぶん体を鍛えてあったようだ。昨日気仙沼で車いすを押して走ったときはすぐに息切れしたのに、じいちゃんの体になったら、重い荷物をかついで平気で行軍できる。林の中で横にはなったが、周囲は明るいし、目をつぶると、砲撃で手足が噴き飛んだ死体の無残なようすが浮かんできて、小太郎はなかなか眠れなかった。だが、なんとか寝ついた。

夕方起きて、軽く食事をとった。次に食糧を補給できるまでどれぐらいかかるかわからない。背嚢の食糧は定量どおり食べれば三日分しかない。分隊長は、食事は半定量にするよう命じた。まだ日は沈みきってはいなかったが、敵機の跳梁《ちょうりょう》はおさまったので西に向かって行動を開始した。月のない夜だった。どこに行っても街灯があたりを照らしている状況しか経験のない小太郎は、本当の月のない夜の暗さを知らなかった。それは部屋を閉め切って真っ暗にした暗さとは違う。星明かりというか、多少の明るさがある。目が暗さに慣れると、道路わきに茂っている草むらが黒々と見えるのに対して、ほこりっぽい道路は白っぽく浮かび上がって見える。小石につまずいたりするので昼間のようには歩けないが、まったくの手探り足探りというよりは速く歩ける。懐中電灯はあるが、周辺の中国人もソ連軍侵攻後不穏な動きが感じられるので、明かりが見つかると面倒なことになるかもしれない。電池がもったいないし、懐中電灯は使わずに歩いた。

中年兵の水島一等兵と、肩に負傷した柴崎一等兵が遅れがちになる。一時間ごとぐらいに小休止を入れて落伍者がないことを確認しながら歩き続けた。十日午前四時ごろには空が明るくなりだした。その夜はこれで移動を中止し、やはり手近の林の中で昼を過ごした。

夕方になって移動を開始し、何時間か歩くと、前方に土手が道路をふさぐように続いているのが見えた。

「鉄道だ！」

先頭を歩いている兵隊が小声で知らせた。虎頭から牡丹江《ぼたんこう》につながっている鉄道だ。第五軍司令部のある掖河は牡丹江の一駅北に位置する。汽車に乗れれば今日のうちに掖河に着く。

鉄道にぶつかってからは、鉄道沿いに南に向かって歩いた。平時なら、夜でも汽車は動いているはずだが、まったく出合わない。すっかり夜が明けるころ、小さな駅に着いたが誰もいない。周辺の日本人街にも誰もいない。八月九日のうちにソ連軍の参戦は全住民に伝えられたのだろう。すでに住民は避難したらしく、空き家になった住居は周辺中国人の略奪を受けたようですっかり荒らされている。食糧は見つからなかったが、井戸は使えたのでここで水を補給した。この日は曇りのせいか敵の機影も認めなかったので、日中も移動を続けることにした。敵は、虎頭要塞に対しては大軍で包囲したまま、残りの部隊は迂回して満州領内深く進攻してきているはずだ。戦車で移動しているはずだから、早く汽車を見つけないと追いつかれてしまう。

すると、大きな川の前で十二、三人の日本人避難民が途方に暮れた表情でしゃがみ込んでいるのに出くわした。兵隊たちを見つけた避難民の何人かが駆け寄ってきた。

「兵隊さん、助けてください」

「どうしたんですか」

「私たちは虎林《こりん》に近い開拓村の住民です。ソ連軍が攻めて来たとラジオで知らされたのは一昨日《おととい》の朝でした。兵役の年齢の男は根こそぎ召集されて、村には女子供老人しか残っていない状況で、村の主だった者たちが話し合いました。無敵関東軍が守ってくれるはずだから逃げる必要はないという者、少なくとも秋の収穫までは持ちこたえてくれるはずだという者、いろいろな議論が出て話はまとまらず、結局それぞれ自分の判断で行動することになりました。私たちはとりあえず虎林まで避難しようと決めたものの、荷造りやら何やらで、出発できたのは昼近くでした。ところが、ソ連機に見つかって機銃掃射を受け、子供一人とその母親が殺されました。私たちは手近の高粱《コーリャン》畑に逃れて、そこで日が暮れるまで隠れていました。夜になって移動を開始し、虎林に着いたのは十日の朝です。どうも日本人街は中国人の暴民の襲撃を受けているようだったので、町を迂回して、日中はまた高粱畑で休み、日が暮れてから鉄道線沿いに南下し続けました。ですが、ここまで来たら鉄橋が爆破されていて渡れないのです」

「そうですか。町の住民を避難させたあと、鉄橋を爆破してしまったんですね。これでは鉄道は使えない」

「どうしますか。汽車に乗れなければ、敵戦車に追いつかれてしまいます」

小太郎が稲沼分隊長の方を向いて尋ねた。

「うーむ、困ったな」

すると、避難民の長老格らしい吉田という六十歳ぐらいの老人が口をはさんだ。

「隊長さん、汽車が動いていない以上、鉄道線にこだわる必要はないと思います。ここからは山越えのルートをとってはいかがでしょうか。敵は鉄道線沿いに進撃するはずですから、敵に見つからずにすむのではないでしょうか。それに山中の道は林に隠れているため、飛行機にも見つからないので日中も歩けるから距離も稼げると思います。牡丹江までの道は私たちが知っています。兵隊さんがついていてくだされば、中国人の暴民も襲って来ないでしょう。ぜひ、一緒に来てください」

「いい話ではないでしょうか。そうしましょう」

小太郎はたちまち同調した。今日を含めてあと五日で終戦だ。とにかく五日間、ソ連軍から逃げおおせれば助かるのだ。

「でも、こんな女子供といっしょでは時間がかかり過ぎます。早く本隊に戻らないと脱走とみなされないとも限りません」

小平兵長が反論した。

稲沼分隊長は、しばらく考え込んでいるようだったが、迷いをふりきるように言った。

「本隊とは連絡がとれない。俺たちは独自に行動するしかない。汽車で移動できないとなれば、ソ連軍主力との戦闘までに本隊に合流することは不可能とみなくてはならない。ソ連戦車部隊に対しては歩兵一個分隊が戦闘に加わったところで何の足しにもならないだろうが、中国人の暴民に対しては十分に役に立つ。今はこの避難民の保護を第一に考えよう。俺の持っている地図には山中の道は出ていない。ソ連軍だって知らないはずだ。山越えをすることにしよう」

小平兵長は何か言いたそうだったが、分隊長が決心した以上、文句を言っても無駄とあきらめたらしく口を閉ざした。

山に向かうとしても、とにかく川は渡らなくてはならない。浅瀬を選べば大人の腰ぐらいの深さの川だったが、けっこう流れが急だった。女性や子供は流される恐れがある。ロープを二本渡して、この間をロープにつかまりながら渡ることにした。子供は隊員が一人ずつ背負って渡した。荷車は山道では使えないのでここまで荷車に乗って来た子供たちも降りて歩くことにし、食糧や鍋釜は二頭の馬の背中にくくりつけた。そんなこんなで手間取ったが、全員向こう岸に渡ることができた。日が暮れる前に林の中の山道に入った。これで日中も敵飛行機に見つからずに移動できるようになったので、夜に寝て日中行動することにした。食糧は避難民が持っていたので、定量食べられるようになったのはありがたかった。

女子供を連れて、歩度は遅くなったが、山中で暴民に襲われることもなく、上空を飛ぶソ連機が木の葉の間から見えることもあったが、ソ連機に見つかることもなく、まずは順調に進むことができた。十日ほどで牡丹江近くまで到達した。明日はいよいよ林から出なくてはならない。

とっくに終戦になっているはずだが、それをみんなにわからせる方法がない。このまま牡丹江に向かえば、みすみすソ連軍の真っただ中に飛び込んでいくことになる。小太郎は稲沼分隊長と二人きりで相談した。

「分隊長殿は掖河の司令部が健在とお考えですか？　ホンネのところ、どうお考えですか？」

「実は、俺もそのことを考えていた。俺の兄貴が掖河の第五軍司令部に参謀として勤務していてな、七月に定時連絡のために俺が掖河に行った際、これが今生の別れになるかもしれないからということで、兄弟水入らずで酒を飲んだのだ。そうしたら、兄貴が声をひそめて言うには、関東軍は国境地帯を真面目に守る気はないというのだ。すでに関東軍の精鋭部隊は南方戦線に引き抜かれて、往年の精強関東軍の戦力はなくなっている。そこで関東軍は満州全土に兵力を分散する愚を避けて、朝鮮との国境に近い長白山系に兵力を撤収し、ここで持久戦闘を行なって本土と朝鮮を防衛する計画だというのだ」

それは小太郎も知っている史実だ。その作戦計画は極秘だったはずだが、国境地帯の分屯所にいる弟だけには軍事機密を漏らした参謀もいたのだろう。

「兄貴は、だからソ連軍が侵攻してきても国境地帯で無駄死にはするな、なんとか朝鮮との国境地帯まで脱出して関東軍の全体の作戦計画に合流して本土防衛のために力を尽くせ、と言ってくれたのだ」

「そうでありましたか。だからソ連軍の攻撃を受けたときも、直ちに撤退を決断なさったのでありますね」

「うむ、関東軍の作戦計画がそうである以上、掖河の第五軍も、玉砕するまで戦闘をするよりも防御戦闘が限界に達する前に撤退しているはずだ」

史実では、第五軍は八月十七日に停戦命令を受けて武装解除された。小太郎は第五軍武装解除の正確な日付までは覚えていなかったが、関東軍総司令部とソ連軍との間に停戦交渉が行なわれたのは八月十九日だということは覚えていた。つまり停戦交渉は昨日のうちに行なわれたはずだ。今の時点では、関東軍総司令部と連絡の取れる部隊は停戦しているはずだ。

「とりあえず、林を抜けたら、日中の行動はひかえて、どこか民家を見つけたら情報を収集してはいかがでしょうか」

「よし、そうしよう。まずは牡丹江の状況を確認しないとな。すでにソ連軍が占領しているようなら、のこのこ牡丹江に向かえば飛んで火にいる夏の虫だ」

中国人だって八月十五日の終戦は知っているはずだ。ソ連軍に出くわす前に、この大前提を分隊長に理解してもらわないといけない。

翌日は林の出口でいったん停止し、小太郎と水島の二人が斥候《せっこう》に出ることになった。水島は新京の銀行で窓口係の経験もあり、中国語ができた。中国人の民家があったら、情報をとるのに水島がいた方がいいだろうと、分隊長が水島をつけてくれたのだ。

すると二、三十分も歩かないうちに中学生ぐらいの年頃の中国人の少年を見つけた。谷川に水を汲みに来たところらしく、水桶《みずおけ》を持って草薮《くさやぶ》から道路に登ってくるところだった。小太郎たちを見るなり逆戻りしようとしたが、水島が何やら中国語で声をかけた。ポケットから金平糖《こんぺいとう》を取り出して少年に握らせて、何か聞き出したようだ。

「この子供は父親と二人で炭焼きに来ているのだそうです。普段住んでいる部落までは、ここから半日ぐらいかかるそうで、農作業の手が空《す》いたときに、この近くの炭焼き小屋に来て炭を焼いているということです」

「そうか、では、父親から話が聞きたいと伝えてくれ」

炭焼き小屋まではすぐだった。父親に些少《さしょう》の金を与えて水島が何か話をしていた。途中で水島が非常に驚いて、何やら声高に尋ねたあと、あわてたようすで小太郎に報告した。

「父親の話では、牡丹江付近での戦闘は十四日から十五日にかけて行なわれ、日本軍はすでに撤退したとのことであります。その上、すでに日本軍は連合軍に無条件降伏したというのです」

「それは確実な話なのか」

それが一番聞きたい情報だったのだが、小太郎はいかにも驚いたふりをして、水島にもう一度確かめるように言った。水島は何やら父親と話をしたあと小太郎をふり返って報告した。

「この二人が炭焼き小屋に入ったのは一昨日《おととい》、つまり十八日で、すでに十五日のうちに中国人はみんな日本の降伏を知っていたとのことです。その日の昼ごろ、ラジオで蒋介《しょうかい》石《せき》が勝利を知らせる演説をしたのだそうです。短波ラジオの所持は禁止されておりますが、実際のところ、短波ラジオを隠し持っている中国人はあちこちにいます。この親子のいた部落でも短波ラジオで重慶政府の放送を聞いていたのです。すでに九日のソ連軍侵攻以来、日本人居留民はいっせいに避難を始めて、それに乗じて中国人たちは空き家になった家屋から略奪を始めましたが、父親はそういう仲間になるのは気が引けて行かずにいたのだそうです。そうしたら、蒋介石がラジオで、日本人に報復してはいけない、暴に対して暴をもって報いるのでは、報復は報復を呼んでいつまでも戦争が終わることはないから、と演説したのだそうで、その演説を聞いた父親は、日本が負けたからといって略奪の仲間入りをせずによかったと思ったそうです。日本軍がいなくなっても冬は確実にやって来る。夏のうちに冬ごもりの準備はしておかなくてはいけないから、例年通り、少し農作業が暇になった間に、炭焼き仕事をすることにしたのだそうです」

「よし、では俺は分隊長殿に今の話を報告して、ほかのみんなを連れてくる。お前はほかに何か聞き出せるか、話をしてみてくれ」

避難民たちに日本の敗戦の話をしたらひどく動揺するだろう。小太郎は、稲沼分隊長に内密の話があるとして、ほかのみんなから離れたところで声をひそめて日本の敗戦を告げた。

「なにっ、本土決戦もしないうちから降伏？」

「しーっ、声が大きくあります。その通りであります。八月九日にソ連軍の侵攻がラジオで伝わると、邦人が避難を始めて、中国人暴民の略奪もひどかったようですが、十五日に蒋介石が勝利演説の中で、日本人に報復してはいけないと呼びかけてから、少し落ち着いたようです」

稲沼分隊長は、あたりをきょろきょろと見回して誰もいないことを確かめた。それから視線を小太郎に戻し、次に天を仰《あお》いで嘆息《たんそく》した。分隊長は、軍上層部の兄から戦況の実相を知らされていたこともあって、しばらくの沈黙ののち、日本の敗戦を受け入れた。

「そうか、では第五軍もすでに降伏して武装解除されたのだろうな」

「そこまで確かめたわけではありませんが、おそらくそうでしょう」

「そうか、では俺たちも、このまま進んで、ソ連軍に出遭ったら白旗を掲げることにするか」

「それは考えものであります。蒋介石が暴に対して暴をもって報いてはいけないと言ったとしても、ソ連軍がどんな態度かはもう少し見極めが必要でしょう」

「ふうむ、実はな、俺も兄貴からソ連の内情を聞かされて驚いたことがあった。兄貴はソ連情報担当の将校でな、満州に亡命してきたソ連人に尋問したこともあって、その亡命ソ連人の話では、ソ連では、大量の囚人がシベリアで強制労働させられているということなのだ。しかも、その囚人は本当の犯罪者というよりは、ちょっとスターリンの悪口を言ったとか、ごく軽微なことで捕まえるのだ。というよりは、ソ連は計画経済で有名だが、囚人も年度計画にしたがって集めているようで、何の罪もなく捕まえる場合もしばしばなのだそうだ」

《何だよ、話がわかるじゃん。そうなのよ、このままソ連の捕虜になったら、全員シベリアで強制労働よ》

「そうだとすると、日本兵捕虜もシベリアで強制労働させられる可能性が大きいということですね」

「だろうな。兄貴の話では、ソ連軍の捕虜になったドイツ兵もシベリアで重労働をさせられて、非常に過酷な扱いを受けているということだった。俺たちだって露助《ロスケ》の捕虜になったら同じ運命だろう。どうしたものか」

「もう戦争が終わったのであれば、軍服を着ている必要もありません。避難民から着替えをもらって避難民にまぎれ込んで、できるだけソ連軍に見つからないように南下する。見つかったとしても、兵隊よりは避難民のふりをしていた方がシベリア送りの可能性は低くなるのではないでしょうか。日本の兵役年齢の男が兵隊にとられなかったとすれば、たいがい結核とか、重労働に適さない病気持ちですから」

「ふうむ、その線で行くか。だが、その話をどうやってみんなに打ち明ける？　避難民は動揺するだろう。隊員たちだって、中国のラジオ放送なんか信用できないと言い出すかもしれない」

「まずはこのまま慎重に南下し続けましょう。いずれ、日ソ両軍の激戦のあとを見たり、ほかの避難民の話を聞いたりする機会があるでしょう。それでみんなが日本の敗戦を受け入れる気持ちができたようだったら、そのときにその話を切り出すことにしてはいかがでしょうか」

「うーむ、ようし、そうすることにしよう」

分隊長は、みんなを集めて、炭焼きの中国人からの情報として、第五軍の本隊はすでに撤退したということだけを知らせた。そこで、自分たちはソ連軍の間を抜けて本隊に合流できるところまで南下を続けると告げた。避難民たちの中にはそれだけで泣き出す女性もいた。無理もない。女の足でここまで山越えして来るのはたいへんな重労働だった。子供たちはすでに靴がぼろぼろになってしまって、履いている子供の方が少ない。母親が抱いて歩けないような大きな子供はぼろ布を足に巻きつけて歩いているが、血がにじんでいる。牡丹江に着いたら苦難の逃避行も終わりだという思いでここまで頑張ってきたのだ。小太郎は自分の背嚢をさっきの炭焼き小屋に置いてきていたので、泣き続けている母親の子供を一人負ぶってやることにした。

「さあ、奥さん、元気を出して。炭焼き小屋まではあと少しです」

母親は泣くのをやめてよろよろと立ち上がった。兵隊たちは避難民を追い立てるようにして出発した。

しばらく行くと、何かいいにおいがしてきた。自然に足が速くなる。

「母ちゃん、何かいいにおいがする！」

さっきまで足が痛いとむずかっていた小学生ぐらいの男の子が、急に元気な声を出して先に立って歩き出した。

小太郎たちの声を聞きつけて、水島が迎えに出てきた。小太郎は、水島をわきに呼んで、敗戦のことはまだみんなに知らせていないこと、避難民のうちには中国語のできる者もいるかもしれないから、中国人にもそのことは内緒だと釘を刺しておくよう言った。水島は、状況を察して無言で炭焼き小屋に引っ込んで中国人親子にその旨を伝えた。

炭焼き小屋では鶏鍋《とりなべ》の準備ができていた。水島が金をはずんで、炭焼きの親父に鶏をしめてもらったのだという。避難民たちは、保存の利く米や味噌は持っていたが、ここまでの逃避行で肉や新鮮な野菜を口にすることはできなかったから、みんな非常によろこんだ。

「いやあ、今日の殊勲甲《しゅくんこう》は水島一等兵だな。俺が司令官だったら感状の一つぐらい出したいところだ」

分隊長もみんなといっしょに鶏鍋に舌鼓を打ちながら、水島に声をかけた。

「自分は無事にソ連軍の間を抜けられれば、それだけで十分であります」

水島が返事をした。《明日死ぬのなら、死ぬ前にみんなでうまいものを食っておきたかったのです》そう続けたかったが、それを口に出すとそれが本当になりそうな気がして、それは胸の中におさめておいた。

炭焼きの親父は牡丹江の状況を現認したわけではなく、牡丹江のソ連軍の配備状況などはまったく不明だった。明日は慎重に斥候《せっこう》を出しながら前進することにしたが、どうなるかは運次第だ。不安な気持ちで小太郎はなかなか寝つけなかったが、避難民たちは久しぶりの鶏鍋に満足してぐっすりと眠っていた。すると、小太郎のすぐ近くの木の根元で寝ていた分隊長のところに小平兵長がやって来た。

「内密の話があります」

「何だ?」

分隊長も寝つけなかったらしく、小平兵長が声をかける前に体を起こした。

「脇森伍長には聞かせられない話か?」

「いいえ、伍長殿にも聞いていただきたくあります」

それで、寝たふりをしていた小太郎も体を起こした。

「あのチャンコロの始末についてであります。あの親子をここに残していけば露助《ロスケ》に通報される恐れがあります」

「どうする気だ?」

小平兵長は無言で、自分の首のところを立てた親指で横に切るしぐさをした。

「ばかなことを！　そんなことをしたところで、日本兵が立ち寄ったことは、すぐにばれるではないか」

「でも、自分たちが出発してすぐ通報されるよりは、時間稼ぎになります」

「民間人を殺すことは戦時法規で禁じられている」

小太郎が口をはさんだ。

「へへっ」

小平兵長は小ばかにした笑いをもらした。

「ご立派な伍長さんよォ、伍長殿が満州で気楽に暮らしていた間、こちとらは北支（華北）でチャンコロの便衣隊相手に命のやり取りしてたんだ。俺は、小部隊で偵察に出て道に迷ってしまって、部落で会ったガキに道を聞いたことがある。金平糖なんかくれてやると、日本軍の屯営は向こうだとかわいらしい顔して教えてくれたぜ。だが、それは日本軍の屯営とは逆方向で、行った先には便衣隊が待ち伏せしていた。十人からいた偵察隊で生き残ったのは俺一人だよ。ガキだってチャンコロは信用できねえんだ。甘いこととしてたんじゃ戦争で生きちゃいけねえんだよ」

「いや、あの中国人親子は炭焼き仕事に来ているのだ。秋の穫り入れの繁忙期を迎える前にひと冬分の炭を焼かなくてはいけない。仕事を放り投げてソ連軍に通報する手間をかける理由がない。絶対に手を出してはいかんぞ。わかったな。これは命令だ」

稲沼分隊長が厳しい表情で命令すると、小平兵長は不服そうだったが、それ以上は何も言わず、自分の寝ていた場所に戻った。

「北支の便衣隊の話は聞いていたが、子供までとはな。でも、そこまで日本軍に対する憎しみもひどかったんだろうな」

小平兵長が姿を消すと、分隊長は小太郎に聞かせるでもなく、独り言のように言った。

「でも、あの親子がソ連軍に通報することは、まずないでしょう。ここからソ連軍の部隊に通報するには往復一日以上かかるでしょう。炭焼きの仕事を中断して、わざわざそんなことをするとは思えません。蔣介石の暴をもって暴に報いるなかれというラジオ放送の話をしていたぐらいですしね」

「蔣介石ってのは偉い男なんだな」

分隊長はしんみりした口調で言った。

「日本が満州事変に勝ったとき、そして支那事変で連戦連勝だったころ、日本人がそういう態度で中国人に接するようにしていたら、こんなことにはならなかったかもしれないな。日本人はあからさまな『勝てば官軍』意識で中国人に威張り散らした。中国人が『今に見ていろ』という気になるのも当然だ。ところが蔣介石は、苦難の末にやっと勝利したら、『日本人に報復してはいけない』……こんなことを言ってのける。日露戦争のときの乃木将軍は、負けた敵の将軍を侮辱しないよう気を遣ったそうだ。いったい、日本軍は、明治から昭和になるまでのどこで、負けた敵を侮辱してはばからないような軍隊になったんだろうな？　そういえば、蔣介石は日露戦争のすぐあとに日本に留学したんだったな。明治の日本軍人の精神は、昭和の日本軍人よりも、蔣介石に受け継がれたのかもしれないな。

軍人だけじゃない。蔣介石の演説をラジオで聞いた満州の田舎の農民の反応を見ろ。日本だったら、戦争に勝ったあとで総理大臣が敵に寛大な態度を示しでもすれば、日露講和後の日比谷焼打ちみたいな暴動が起きるところだ。ところが、中国の農民は、蔣介石の演説に反発するどころか、うちの主席は立派だろうと誇りにする。

だめだな。今にしてよくわかったよ。日本人は中国人に勝てる道理がなかったんだ。日本人に中国大陸を支配する資格なんかなかったんだ」

「蔣介石の演説一つで、ずいぶん深くお考えになっているのでありますね」

「うむ。実は俺の親父は満州国建国の当初に内地から渡満して、満州国政府の役人になったのだ。兄貴はすでに陸軍士官学校を出て少尉に任官していたから内地に残ったが、まだ中学生だった俺は家族といっしょに新京に移り住んだ。ところが、数年後に親父が急死してな、おふくろは帰国して兄貴といっしょに暮らすことにしたが、俺は中学を卒業して満州の日本企業に事務員として就職したばかりだったので満州に残った。『五族協和』の理想に燃えて満州国建国に打ち込む決心だった。ところが、日本人の傍若無人ぶりときたらどうだ。田舎者と一目でわかる大陸浪人が、上品な中国婦人に下品な言葉を浴びせて尻をなでようとする。鉄道に切符も買わずに乗り込もうとする。駅員が注意すると『何だ、この顔を見ろ、俺は日本人だぞ』と怒鳴る。駅員に促されて不承不承切符を買って汽車に乗ると、食堂車を占領して酒盛りを始める。奉天にある清朝の太祖ヌルハチを祀《まつ》る陵墓には落書きをする。若僧一人が『五族協和』と力んだところでどうにもならない。日本人が自分で中国人の反発を招いて、そのせいでこんな惨敗を喫する羽目になったのだ。それに引き比べて、蔣介石のあの演説だ。完敗だなって思えたのさ」

「そうでありましたか。でも、明日はいよいよ敵中突破です。今夜は寝ておきましょう」

だが、二十一日の夜明け前に水島が分隊長を起こしに来た。その気配で小太郎も目を覚ました。水島が分隊長に小声で言った。

「たいへんです。炭焼きの親子が殺されています」

「何っ」

分隊長は飛び起きた。小太郎もすぐに起きた。炊事係の水島が、かまどに火を熾《おこ》しに来て気づいたのだという。行ってみると、二人とも寝床で頸動脈を切られて死んでいた。眠っているところを声を立てる間もなく殺されたのだろう。

「小平兵長のしわざだな。あいつ、昨日の夕方脇森が報告に戻ったときの話を盗み聞きしていたんだ。日本が敗戦した以上、脱走したところでたいした処罰はないと見たのだろう。ソ連軍の間を抜けるには少人数の方が有利に決まっているからな。あいつは元々避難民を連れて行くのに反対だった。避難民連れの俺たちとは別行動をしたかったんだろう」

そのとき、水島が声を上げた。

「農民の金が盗まれています。昨日私が金を渡したときに、父親がふところにしまうのを自分は見ていたのであります。何もなくなっています」

「そうか、小平は北支で便衣隊討伐に何度も行ったらしいからな。殺しも盗みも慣れたものなんだろう」

「それにしても子供まで……」

水島は沈痛な表情で、目を見開いたまま死んだ少年の目を閉じさせてやった。水島には子供が二人、中学生の息子と小学生の娘がいた。自分の子供たちは日本の敗戦後、無事でいるだろうか？　水島は中国人親子の冥福《めいふく》を祈って手を合わせた。

《戦争中だって民間人を殺すのは禁じられているが、ゲリラかどうか判別できなかったという言い訳は立つ。だが、すでに終戦後だ。これはただの強盗殺人じゃないか》

小太郎は心の中で思ったが、警察が機能していない状況ではどこにも訴えようがない。

「避難民に知られると要らぬ騒ぎになる。出発前に埋葬してやろう。おい、水島、避難民に気づかれぬよう、みんなをそっと起こして来い」

分隊長が水島に命じた。それでみんなそろってみると、小平兵長のほかに上等兵一人がいなくなっていた。十三人の分隊から初日の砲撃で五人戦死し、今二人脱走したので、残りは六人ということになる。

炊事は水島と柴崎にまかせて、ほかの四人で穴を掘り、あたりが明るくなるころにようやく埋葬を終えた。避難民には、中国人親子は自分たちに食糧を分けたので不足分をとりに部落に戻る必要があって夜明け前に出発したと告げた。

朝食後、上空のソ連機の活動に注意しながら慎重に移動を開始した。避難民たちは足が遅いので、小太郎と柴崎と衛生兵の寺島上等兵の三人が斥候《せっこう》に出て、ソ連軍の状況を偵察することにした。数時間進んだところで猛烈な屍臭がした。三人は身をかがめて進んだ。慎重に前方を偵察すると、馬の死骸が道路わきのあちこちに転がっている。腐敗で発生したガスのために腹がパンパンに膨らんでいる。死骸にはカラスの群れがびっしりとたかっている。昨日の炭焼きの親父の話では、牡丹江東方の戦いは八月十四日から十五日にかけてだったということだから、約一週間前のことだ。すでに人間の死体は埋葬されたのだろうが、馬までは手が回りかねたのだろう。砲車や砲身、弾薬箱や薬莢《やっきょう》なども散乱している。かろうじて道路上だけ障害物がとりのけられている。

「どうしたものかな。たぶん、あと少しでソ連軍の前哨線に行き当たるだろう。このあたりでどこか迂回路を探さないといけない」

小太郎が独り言のように言った。

「避難民の方が迂回路を知っているかもしれません。いったん分隊長に報告に戻りましょう」

寺島上等兵が言った。小太郎も同意していったん引き返した。

避難民の足はよほど遅くて、小太郎たちは一時間ほども引き返さなくてはならなかった。状況を報告すると、分隊長は吉田老人を呼んで迂回路を知っているかどうか尋ねた。吉田老人も、牡丹江までの道は知っているが、それより南はわからないとのことだった。

老人は、

「道はわかりませんが、とにかく南に進めば朝鮮に行き当たるはずです。ここからは夜に行動した方がいいかもしれません」

と続けた。

分隊長はすでに日本の敗戦を知っている。第五軍本隊に合流することはもはや意味がない。ソ連軍に捕まることなく避難民と部下を無事帰国させることが現在の主目的である。分隊長も吉田老人に同意した。とりあえず本道をはずれて道路わきのトウモロコシ畑に入り、ほぼ真南に向かって進むことにした。

二十二日の夜明け方、土塀で囲まれた中国人部落に行き当たった。避難民たちは疲れ切ったようすでその場に足を投げ出してへたり込み、声も出せないようすだ。

「どうもあまり友好的な雰囲気ではない部落のようですが、どうします？」

小太郎が分隊長に声をかけた。

「うむ、だが水ぐらい分けてもらいたいところだな。よし、俺と水島で交渉してみよう。お前はほかの隊員を指揮して俺たちの援護と避難民の保護にあたってくれ」

避難民たちに声をかけて草陰の方に移動させようとしたが、誰も動こうとしない。やむを得ず、避難民をそのままにして、後方のススキの陰でほかの隊員とともに小銃を構えて援護の隊形をとった。

小太郎は一度も銃を射ったことがない。だが、これまでの行軍の合間に弾込めや照準のつけ方は覚えた。それに、小さいころから、太郎が酔うと射撃のこつを話すのは聞いてきた。

「いいか、小太郎、じいちゃんの射撃の腕は中隊一だった。中隊対抗の射撃大会のときは、じいちゃんはいつも代表選手だったものだ。鉄砲を射つときはな、引き金を引くつもりになってはいけないぞ。引き金は、『闇夜に霜のおつるがごとく』闇夜に音もなく霜が降りるように、いつ撃鉄が落ちたかわからないぐらい、静かにじんわりとしぼるんだ。そして、左手で小銃を支えるところ、これを銃把《じゅうは》と言うが、ここを把《つか》んではいけない。ここは左手の上にのせて、手のひらを吸盤のように吸いつかせる心持ちで支えるのだ」

そんなことを聞かされて、子供心にも何の役に立つかと思ったものだが、今役に立つ。

小太郎は分隊長に手を振って援護射撃準備完了の合図を送った。

分隊長がドンドンドンと部落の門を叩いた。とたんに部落の犬が一斉に吠えだした。水島が「ニイメンハオ！（こんにちは）」と怒鳴った。何度か門を叩くのと「ニイメンハオ」が繰り返されたあと、突然土塀の上に十人ばかりの人影が現れて、ものも言わずに銃撃してきた。分隊長は肩口に銃弾を受けてうずくまった。遮蔽物《しゃへいぶつ》なしに横になっていた避難民たちにも銃弾は降り注ぎ、何人かが呻《うめ》き声を上げげた。小太郎たちが射ち返したところ、中国人たちは頭を引っ込めた。その隙に水島が分隊長を引きずるようにして、小太郎たちのいるススキの草むらに退避してきた。さきほど小太郎が草陰に移動するよう言ったときには動こうともしなかった避難民たちも、クモの子を散らすように四方に逃げ去った。

誰か子供が「お母さん！」と叫んでいる。その声のする方に土塀の上から一斉射撃が浴びせられた。小太郎たちも射ち返す。土塀上の射撃隊は、銃を持っているのはススキの陰に隠れている連中だけだということに気づいたらしく、小太郎たちのいる草むらに射撃を集中した。銃弾が空気を切り裂く鋭い音がすぐ近くをかすめる。やむなく小太郎たちは分隊長を引きずって後退した。

数百メートル後退して林の中に入った。中国人たちは部落の外までは追撃して来ようとしなかった。分隊長を横たえて、寺島衛生兵が傷口に布を当ててしっかり包帯したが、出血は止まらない。

分隊長が小太郎を呼んだ。

「脇森、俺はもうだめらしい」

「分隊長殿、しっかりしてください」

「あの連中、あらかじめ攻撃準備していたようだな」

「はい、日本兵を警戒していたのでしょう。ひょっとすると昨日のうちに小平兵長がこの部落の誰かを襲ったのかもしれません」

「そうかもしれんがな。敗残の日本兵はほかにも大勢いるはずだ。日本兵がソ連軍に捕まらずに逃げようとすれば、手近の中国人から金品を強奪して生きるしかない。小平以外の日本兵に襲撃されたのかもしれん。いずれにせよ、ソ連軍に対する警戒ばかりでなく、中国人に対しても警戒しながら進まなくてはいけないということだ。脇森、あとは頼んだぞ」

稲沼分隊長は苦しい息の下から、切れ切れにそれだけ言うと息を引きとった。

すでに夜は明けきっていた。とりあえず林の奥に引っ込んだ。すると避難民の女性が子供を捜しに行きたいと言う。

「伍長さん、子供とはぐれてしまいました。さっき子供が私を呼ぶ声が聞こえましたが、その声に向かって射撃があったので心配でたまりません。なんとか捜しに行けないでしょうか」

「奥さん、こっちの兵隊は五人、向こうの部落の射撃手は十人ばかりいたようです。遮蔽物のないところに日中出て行くわけにはいきません。暗くなってから捜すことにしましょう」

「ああ、真一、吉田さんたちといっしょに逃げていてくれればいいけど、お前にもしものことがあったら……」

母親は身もだえするようにして不安をあらわにしたが、どうしようもない。とりあえず、稲沼分隊長を埋葬した。日中は休むことにしたが、水が乏しいのがこたえる。食糧を積んだ馬もどこかに逃げてしまったので、食糧も乏しくなった。避難民は荷物を置いたままばらばらに逃げたので、兵隊のいるところに来たのは女二人子供二人の四人だけになった。とにかく兵隊五人と避難民四人、一人は乳飲み子だから食い扶持《ぶち》に含めないとして合計八人が食べて行かなくてはならない。朝鮮との国境まではまだ相当な距離があるはずだ。汽車が動いているようだったら、なんとかもぐり込めるかもしれない。小太郎は、夜になったら牡丹江から図們《ともん》に通じる鉄道線に出てみることにした。

子供とはぐれた母親がどうしてもと言うので、出発前に避難民が銃撃を受けたあたりのようすを調べることにした。すると、女一人と子供二人の素裸の射殺死体が放置されていた。散乱していたはずの荷物は小太郎たちが林の奥に引っ込んでいる間にことごとく持ち去られたらしい。子供が着ていた服まではぎ取ったうえ、死体を埋葬することもなく放置したのだ。死体はカラスについばまれて無残極まる状況になっている。母親はその場に崩れるように尻もちをついて、呆然自失《ぼうぜんじしつ》のようすだった。死んだ子供の一人が自分の子供だったようだ。

「お子さんですか？　お気の毒です」

小太郎が声をかけても何の反応もない。小太郎は隊員といっしょに死体を林の中に運んで埋葬することにした。母親はその場にへたり込んで動こうとしなかったので、引きずるようにして林まで連れてきた。もう出発しなくてはならない。小太郎は母親に「しっかりしてください」と声をかけたが、うつろな表情で、死んだ男の子の妹らしい小さな女の子を抱きしめているばかりだった。

「その子のためにも気持ちを強く持たなくてはいけませんよ」

と言うと、女の子が、

「お母さん、歩かないと、兵隊さんに置いて行かれるよ」

と言った。どうやら逃避行の間中、自分が母親からそう言われていたらしい。乳飲み子をかかえているもう一人の母親も声をかけた。

「加藤さん、行きましょう、行かないとダメよ」

自分も立ち上がって、へたり込んでいる母親の手をつかんで強く引いた。それで加藤と呼ばれたその女性はようやく立ち上がってよろよろと歩きだした。

山道をしばらく歩くと甘酸っぱいにおいがした。見ると、疎林《そりん》の下に樹高の低い灌木《かんぼく》が生い茂っていて、そこに木いちごが鈴なりになっている。空腹のときには嗅覚《きゅうかく》が敏感になるものらしい。子供も大人もみんな気がついて、むさぼるように食べた。これで少し喉《のど》の渇きもおさまってまた歩き出した。

武装解除

二十三日の朝、ようやく空が明るくなるころ林を出るところまで到達したが、すぐ近くに数軒ばかりの家屋があった。前日のことがあったので警戒しながら近づいたが、誰もいない。山林で樹木の切り出しなど山仕事をする季節作業員の宿舎だったらしいが、ソ連参戦で全員避難したのだろう。井戸も備わっていて、くつろいでたっぷり水を飲むことができた。久しぶりで屋根のあるところで休むことができ、ぐっすり眠り込んでしまった。

数時間も眠ったろうか、突然、外から声がした。

「誰かいるのか」

日本語だ。飛び起きて警戒しながら外をのぞくと、将校一人と兵隊が数人立っている。

一人は木の枝にゆわえつけた日の丸を持っている。

「日本人だったら出て来い」

と言うのでみんなぞろぞろと外に出た。

「どこから来た?」

と尋ねるので、中尉の階級章をつけた将校に、これまでのことを説明した。

「そうか、ではお前は日本の降伏を知っているのだな。そして他の者はまだ知らないのか」

「その通りであります」

と答えると、中尉はみんなに向かって大きな声で話しかけた。

「みんな、これから言うことをよく聞いてくれ。実は、日本は八月十五日に無条件降伏した」

ざわざわというような小声の声が広がった。

「本官はラジオで、畏《おそ》れ多くも天皇陛下おん自《みずか》ら、直々《じきじき》にご放送あそばされるのを聞いた。みんな一億玉砕の決心でいたことと思うが、陛下はこのまま戦争を継続すれば民族の滅亡を招くことになるとして、終戦のご聖断を下されたのだ。どうか抵抗することなくソ連軍の指定する収容所に入ってほしい。われわれもこれからソ連軍の武装解除を受けるところだ。できるだけ大勢の日本人を無事に収容所に届けるために、こうして手分けして各所を回っているところなのだ」

みんな呆《ほう》けたような表情で、いったい何が話されたのか、よくわからないようだった。突然、ようやく肩の傷がよくなっていた少年兵の柴崎が憤然と立ち上がった。

「そんな、そんなバカな話がありますか！　ここまで来る間に何人も死んでます。自分は露助《ロスケ》の一人、二人殺さないうちは銃を手放すわけにはいきません」

「よせ、お前一人でどうにもなることじゃない。ご聖断が下ったのだ」

水島が柴崎を抱きかかえるようにして地面に座らせた。急に避難民の女が泣き出した。昨日息子を失った女だ。

「真一、真一、もう一日早ければ死なずにすんだのに……」

しゃくり上げながら切れ切れに独り言を言っている。

なんとかソ連軍に見つからずに逃げ延びたいと思っていたが、ことここにいたっては投降するしかないと、小太郎も観念した。

今なら難民キャンプと言うのだろうが、捕虜と難民たちが天幕（テント）生活をしているところが鏡泊湖《きょうはくこ》のほとりにあるというので、そこまで歩かなくてはならない。日本が負けたと思うと、避難民の足取りもいっそう重かったが、なんとか日が暮れる前に到着した。先着の日本人難民たちは、無気力そのものという雰囲気で、何をするでなく地面に腰を下ろしている者が多かった。湖の近くに日本軍の小銃や重砲が山積みになって野ざらしにされており、ここで小太郎たちも武装解除された。難民キャンプの天幕も日本軍のものだった。武装解除ばかりではない。ぼろ服を着たソ連兵が、小太郎たちの荷物を点検すると称して略奪を始めた。万年筆と腕時計が目当てのようだった。小太郎がこれまでに読んだシベリア抑留者の手記でも、とくに腕時計は繰り返し検査されて、シベリアまで隠しおおせた例は皆無のように書かれている。小太郎も素直に腕時計をさし出した。

ソ連にこれほど時計が不足しているなら、長大な満ソ国境で攻撃開始時刻がまちまちになったのも当然だったのだ。

ここで民間人と兵隊は引き離された。兵隊相互も、元の所属部隊と無関係に、ソ連兵が指示するままに区分けされた。元の分隊の隊員で小太郎といっしょにされたのは柴崎だけだったのだが、日が暮れてから水島が小太郎のいる天幕にもぐり込んできた。

「どうしたんだ?」

「いやあ、あの猛烈な砲撃から生き延びたのは、伍長殿といっしょにいたお陰です。それればかりでなく、ソ連の奇襲前に分隊長にいち早く退避を進言したり、虎頭要塞に向かってはいけないとか、伍長殿の判断は非常に的確だったと思います。これからも伍長殿にくっついていた方が安全のような気がしましてね。こっちの大隊のやつにタバコをひと箱くれてやって入れ替わることにしたのです。どうせソ連兵は日本人の顔なんて区別がつきません。員数《いんずう》さえ合っていれば兵隊が入れ替わったことなんか気づきはしないでしょう」

確かに小太郎はおおまかな歴史は知っているが、細かいところはわからない。それに、ある危険を知っているからと言って、それを避けることができるとは限らない。ソ連軍の侵攻は知っていても、結局こうして捕虜になってしまった。だが、確かに何も知らないよりは有利だろう。

元いた時代では、誰かに自分が必要とされているなどという実感はなかったが、ここでは自分よりずっと年上の水島から頼りにされている。タイムスリップ以来、無我夢中でここまでたどり着いた小太郎だったが、難民キャンプで多少の暇ができて、自分をふり返って、気持ちの変わりぶりにわれながら驚いた。そういえば、頭に詰まった鉛の感覚もいつの間にか消えていた。

現代の小太郎は、何もかも飽き飽きして、生きていてもつまらないと思っていた。今思えば、毎日が同じことの繰り返しというのは、どれほど幸せなことだったろうか。今の今まで生きて隣にいた人間が、砲弾の直撃で次の瞬間はらわたを飛び出させて死んでいるような、今日存在したものが明日はないかもしれない状況こそ、人間にとって真に耐えがたい状況なのだ。

食べるものに困らないというのも、なんと幸せなことだったろうか。学食で毎日食べたあのカレーライス、値段の割に腹持ちがいいのでカレーを選ぶことが多かった。あれもずいぶん飽き飽きしていたが、今あのカレーライスが無性に食べたい。何度も夢にまで見た。夢の中で小太郎は、いつものように学食でカレーライスをトレイにとる。いつものようにテーブルに着いてひと匙カレーライスをすくう。香ばしいにおいが鼻を打つ。すきっ腹が早くひと口胃袋に落とし込めとせがむ。そしてスプーンを口に運ぼうとする瞬間、目を覚ますのだ。《あれが今食べられたらなあ》小太郎は生つばを飲み込んでため息をついた。

現代の小太郎は、金と出世のことしか考えない俗物根性にまみれた中年オヤジなんか全員死んでしまえばいいと思っていた。生きる意味をはっきりと自覚して、意味のある人生を送って初めて人間らしい生き方と言えるのだ、無意味に生きて腹の突き出た中年になるまで生きるより若いうちに死んだ方がずっとましだ、そんなふうに思っていた。

だが、ここで死と身近に向き合ってみて、小太郎があこがれた「清らかな美しい死」などというものは実際にはあり得ないとわかった。死は、吐き気を催すような腐臭《ふしゅう》を伴うものであり、ハエとウジムシとカラスばかりが喜ぶものでしかない。死は醜く恐ろしいものである。人間は簡単に死ぬ。老人になるまで生きることは、誰もがうらやむべき極めて稀《まれ》なことなのだ。どんなに苦しくとも生きなくてはならない。そして老人になるまで人生の苦難に耐えた人には当然敬意が払われてしかるべきなのだ。

小太郎は、何が何でも生き抜いてやるという決意が腹の底からみなぎってくるのを感じた。泥水をすすり、草の根をかじってでも生きなくてはならない。絶対に生きて気仙沼に戻らなくてはならない。太郎になった自分が戻らなくては父の浩太も生まれないし、したがって孫の自分も生まれないことになる。

翌日、髭剃《ひげそ》りの機会があった。タイムスリップ以後一度も髭を剃っていないので小太郎の髭もずいぶん伸びていた。鏡を見ると、その顔は確かに若いころのじいちゃんの顔だった。若いころの太郎と小太郎は瓜二つとはいっても、家族が見ればすぐ区別はつく。ただし、小太郎の記憶にある若いころの太郎の写真と比べると、鏡に映る顔は猛烈にやせている。頬がこけて、眼窩が落ちくぼんで、目ばかりが突き出して見える。無理もない。分屯所を出て以来、ろくに食べずに一日三十キロから四十キロ歩き続けてきたのだ。風呂を沸かすことはできなかったが、鏡泊湖で水浴をすることができた。すでに小太郎の衣類にもシラミが湧いていた。小太郎にとってはシラミを見るのも初めてである。白っぽい数ミリぐらいの虫で、よく見ると退化した足が六本ある。こいつが人間の体に針のような吸い口を刺して吸血するのだ。刺されると非常にかゆいので小太郎の肋骨の浮き出た体は、すでにあちこち掻《か》き傷だらけになっている。衣類の縫い目には無数の卵が産みつけられている。八月のこととて、まだ日中は暑くなるので、素裸になって衣類を板の上に置いて縫い目をつぶすとブツッ、とかプスッというような音がしてシラミ退治ができる。「しらみつぶし」という言葉は知っていたが、実際にシラミつぶしをするのは生まれて初めてである。

続々難民が集まって来るので、難民キャンプも手狭となり、何日かすると先着組は吉林に移動ということになった。鏡泊湖から徒歩で南下して鉄道に出て、そこから無蓋貨車に乗って吉林の収容所に移動した。

九月半ばごろ、吉林の収容所からも移動ということになった。収容兵の部隊を庭に集めて、ソ連軍の日本語通訳が言った。

「ミナサンはこれから日本に帰ります」

オーッという歓声が兵隊たちの間から上がった。

「タダ、日本は戦争でタクサン船が沈められたので、日本の船足りません。船の都合でいったんウラジオストクに行って、そこからソ連の船で日本帰ります」

兵隊たちの間には不安そうなざわめきが広がった。

「明日はまずハルビンまで行きます。ミナサンふるさとにオミヤゲ持て行くなら今夜のうちキチンと準備オッケーね」

《おいでなすったな。ここで言われるままにハルビンについて行ったら、シベリア送りだ》

小太郎はここが脱走のチャンスだと見極めをつけた。

当初は本当に帰国できるのか不安に思った兵隊たちも、警備のソ連兵たちが口々に「ヤポンスキー、ダモイ、ハラショー（日本人、帰国、よかったね）」とか愛想よく話しかけてくるので、本当に帰国できると信じるようになった。明日の出発は千人で、発熱や下痢など病気の者は後回しになると通告されたので、我勝ちに健康をアピールするありさまとなった。

小太郎は、分屯所出発以来の戦友と言うべき水島と柴崎にだけ自分の決心を打ち明けることにした。ほかの兵隊が帰国を信じていそいそと荷造りをしているのを横目に、小太郎は水島と柴崎に目配せをして天幕の外に連れ出した。

「おい、俺は明日脱走するぞ」

あたりに誰もいないのを確かめて小太郎は小声で話した。

「えっ、帰国しないのでありますか？」

柴崎が驚いて声を上げた。

「しーっ、声が大きい。帰国させるというのはウソだよ。俺たちはこのままシベリアに連れて行かれて、重労働させられるんだ」

「どうしてそんなことがわかるんですか？」

「死んだ稲沼分隊長の兄さんが、ソ連情報担当の将校でな、ソ連では捕虜をシベリアで重労働に使役していると教えてくれたのだ」

「そんな、そんなことって……でも、それは戦争中の話で、もう終戦したんですから、今は帰国させてくれるんじゃないですか」

日本兵のシベリア抑留はまぎれもない史実である。だが、そんな話をするわけにはいかないので、小太郎は稲沼軍曹の話ということにしたのだ。それにしても柴崎はちょっと前まで軍国少年そのもので、ソ連兵に対する敵愾心《てきがいしん》をむき出しにしていたというのに、今度は小太郎の言うことよりもソ連兵の言うことを信じるとは……柴崎の帰国願望はよほど強いと見える。小太郎が長年ミュージシャンになる夢を追いかけて、いつか夢は実現できると思うようになったように、人間は、強い願望は実現されると信じ込みがちなものである。

「いや、俺は伍長殿の言う方を信じる。これまで伍長殿の判断は常に的確だった」

水島が口をはさんだ。

「でも、日本兵なら、いくら通訳がウソの情報を流したところで、末端の兵隊は『内緒で本当のことを教えてやろう』と言うのが一人二人いるはずです。ソ連兵が全員口裏を合わせてウソをついているとは信じられません」

「そうか、そう思うなら、お前はどこまでも貨車に乗って行け。俺たちは新京に近づいたら貨車から飛び降りる。それまで俺たちの計画のことは誰にも言うなよ」

「自分の家族は新京に住んでいます。満州中央銀行の職員宿舎暮らしで、今どうなっているかわかりませんが、自分は新京で家族を捜したくあります」

水島はすっかり乗り気である。柴崎はしばらく考え込んでいたが、決心したように言った。

「お二人がそういう計画でしたら、自分もついて行きます。自分は中学校を出てすぐ満蒙開拓義勇軍に応募して、こっちに来て数ヶ月で兵隊にとられました。故郷の和歌山には両親と弟妹がいます。家族を早く安心させたくあります。お二人について行くのとソ連兵について行くのと、どっちが早く帰国できるのかわかりませんが、知らない人ばかりのところについて行くのは、やっぱり不安です」

「そうか、よし、では明日は三人で脱走しよう」

「自分は銀行の支店まわりなどで、新京付近の鉄道はよく利用しました。列車が吉林方面から新京に向かうときは、新京の二駅ぐらい手前のところで大きくカーブして必ずスピードを緩めます。そこで飛び降りれば大丈夫と思います」

「そうか、では明日は水島の合図で三人集まって飛び降りることにしよう。新京の日本人は食糧難でひどい状況になっているだろう。水島の家族の分まで詰め込めるだけ食糧を詰め込んで準備しよう」

それから食糧倉庫に行って食糧の分配を受けた。みんな食糧難だと伝えられる日本の家族へのみやげのつもりで米や味噌を背嚢にいっぱい詰め込んでいる。ソ連兵は、日本兵が倉庫から食糧を持ち出すのをにこやかに眺めている。それも道理で、日本兵の持ち物はすべてシベリアでソ連軍に取り上げられるのだ。何のことはない、要するに日本兵はソ連のための食糧を貨車に積み込む作業をさせられていたのである。小太郎は、水島と柴崎に肝油と塩を忘れないよう注意した。小太郎が読んだシベリア抑留者の手記に、軍の倉庫で手に入れた肝油と塩が非常に役立ったことが書いてあったのを覚えていたのだ。

翌朝、ソ連兵の人員点呼を受けてから貨車に乗り込んだ。ソ連兵の点呼は非常に時間がかかる。日本軍だと四列縦隊に整列させて、番号の号令をかければ先頭から最後尾まで何人いるかすぐわかる。あとはその人数に四を掛けるだけで総員の人員は容易に確認できる。ところがソ連兵は掛け算ができない。最初は五列縦隊に並ばせて勘定を始めたのだが、途中でいくつまで数えたかわからなくなってやり直す。とうとう十列縦隊に並び直させて、一つの列を十まで数えたらその一団で百人ということで、百人ずつ十の集団で千人と勘定して、昼近くにようやく出発となった。今度は屋根つきの有蓋貨車に詰め込まれた。貨車の中では横になるスペースもない。まさにすし詰めという感じで、膝をかかえて板の床に座ったままほとんど身動きもできない。数時間ごとに停車して用便をさせるのだが、ソ連兵が自動小銃をかまえている中で立ち小便をするのもなかなか気後れする行為である。中に少し離れたところで大便をしようとした兵隊がいた。するとソ連兵が空に向けて威嚇射撃をして、大声を出して列に戻るよう手ぶりで示した。

ソ連兵の警戒ぶりから、どうもこれは帰国の列車ではないのではないかと疑う兵隊も出てきたようだが、今のところ貨車の扉に鍵はかけられていない。水島は貨車の板壁の隙間から外を眺めている。一度目の用便停車が終わって発車してから一時間ほどしたころだ。水島が立ち上がって大きく伸びをした。かねて打ち合わせておいた合図だ。小太郎と柴崎も荷物を持って立ち上がった。まわりのみんなは怪訝《けげん》そうな顔をしたが、座りっぱなしも疲れることで、たまに立ち上がる兵隊はいるから、別段とりたててとがめられることはなかった。間もなく汽車は大きくカーブを始めてスピードを緩めた。突然水島が扉を開けた。「何だ、危ないじゃないか」という声が上がったが、かまわず三人の荷物を外に放り出した。一段とスピードが落ちたところで水島、柴崎、小太郎の順に次々と飛び降りた。各車輌のデッキについている警備兵が気づいて射撃したが、汽車を停車させてまで追跡しようとはしなかった。

汽車は、スピードを緩めたとはいっても、人間が歩くスピードよりは速かった。しかも線路は周辺の高粱畑よりも一段高くなっている。汽車の床自体線路よりけっこう高いから、そこから高粱畑に飛び降りるのは数メートルの崖から転がり落ちるようなものである。それなりの衝撃はあったが、小太郎はわずかなかすり傷を負っただけだった。ソ連兵の射撃を避けてしばらく高粱畑に伏せていたが、ソ連兵が追いかけては来ないことを確かめてから、小太郎は立ち上がってほかの二人を呼んだ。それぞれ離れてはいたが、すぐに無事を確認できた。だが、荷物は返事をしない。荷物のすぐあとに飛び降りたつもりだったが、丈高い高粱の草むらにさえぎられて荷物の所在がわからない。三人で手分けして探して、なんとか暗くなる前に荷物を見つけることができた。

「水島、ここからはお前が道案内してくれ」

「はい、線路沿いに歩けば新京まで迷うことはないですし、新京市内に入れば裏道までわかります」

「ああ、それと、もう兵隊言葉はやめよう」

「はあ、どういうことですか」

「ソ連軍は脱走兵の追及を厳しくやっているはずだ。兵隊だとばれるといけない。これからは普通の言葉遣いにしよう。俺は水島をさんづけにする。水島さんも僕を普通の年下の知り合いに対する言葉遣いにしてください」

「じゃあ、伍長殿を何とお呼びすればいいでありますか」

「だから、そういうのをやめましょうと言っているんです。僕や柴崎は君づけでいいですよ」

「はあ、なんだか慣れないうちはつっかえそうですね」

歩きながら何度か練習して、人通りのあるところに出るまでにはなんとかスムーズに会話できるようになった。

九月半ばの今は満州の日没は早くなる。日が暮れてから新京に着いた。どうなっているかわからないが、とにかく水島の元の住居である満州中央銀行職員宿舎に向かった。

宿舎は特殊な構造になっていた。軒続きの長屋のような建物がコの字形に中庭を取り囲むように造られていて、各戸の玄関は中庭に面している。その建物は大きな街路と細い小路が交わる角地にあって、コの字の開いた側が街路に面して、門扉が閉じられている。水島の家はその小路に面した並びの中央あたりにあった。中庭に入る門には夜八時を過ぎると鍵がかけられて、誰か家人が内側から開けなければ開かないようになっている。中国ではよく見られる家の造りで、元々は裕福な大家族が親戚や召使いまで含めて一つの集合住宅で暮らすために造られたものである。中庭はある程度の広さがあり、洗濯物を干したり、薪割りをしたりする。薪や洗濯物でもかっぱらいに遭うような中国で工夫された構造である。そのやり方を取り入れて、複数の職員家族が暮らすような社宅をこしらえたのである。

中から人声が聞こえた。ところが水島が裏窓を叩くとぴたりと人声が止んだ。もう一度窓を叩いたが、何の反応もない。

「おい、ママ、ママ、和子、俺だ。羊一だ。パパだよ」

小太郎は、水島夫婦がこの時代にパパとかママとか呼び合っているのを聞いてびっくりしたが、これは別に英語というわけではなく、中国語で父を爸々《パーパ》、母を媽々《マーマ》というところから由来しているので、満州在住邦人の間ではけっこう使われているのだと、あとで水島から聞いた。水島が声をかけるとあたふたと駆け寄る足音がして、窓が開いた。

「あなた、よくご無事で……」

水島の家族は元の家に無事で住んでいた。妻の和子は髪を短く切って顔にススを塗っていた。

「どうしたんだ、その恰好《かっこう》は？」

「これ？　話せば長いのよ。こちらはどちらさん？　まず中に入ってちょうだい」

和子は玄関に回って、中庭に入る門の鍵を開け、水島たち三人を家に入れた。

話すことは山ほどあった。まず、水島が帰還までの苦労や、連れの二人との関係とかについて、かいつまんで話した。

それから、妻の和子が、ソ連軍侵攻以後の家族の苦難を語った。

水島が徴兵されたあとも家族は社宅住まいを許されて、水島の銀行員としての給料よりはずいぶん少ないが、軍務の俸給が留守家族に支給されるので、なんとかつましい生活を続けていた。

ソ連軍侵攻のころから新京には軍人の姿を見かけなくなった。関東軍司令部が満州南部の通化《つうか》に移転したのだから、それも当然だが、新京の在留邦人の間では、住民を置き去りにして軍人が真っ先に逃げ出したとうわささされた。民間人の避難も始まったが、これも軍人・官吏の家族が先だった。八月十日、十一日ごろになると、もうすぐソ連軍が攻めてくるといううわさが広がり、近所のだんなさんが日本刀で自分の家族を殺して、自分も自殺するという事件が起きるなど、在留邦人はパニック気味となった。十五日にいよいよ中銀職員家族も新京から避難するということになった。避難列車の出発間際に、駅の構内放送で「玉音放送」を聞いた。それから無蓋貨車に乗せられて南に向かって出発したのだが、どしゃ降りの雨で無蓋貨車は水浸しとなり、たいへんな目に遭った。そして、どういう事情によるのか何の説明もなく、翌日昼ごろ、奉天にも着かないうちに汽車は引き返し始め、十七日に新京で降ろされた。どうしようもないので、いったんドアを板で釘付けにして退去したわが家に戻り、ドアの封鎖をはずして再び新京で暮らし出した。新京にソ連軍の先遣部隊が入ってきたのは八月十九日だった。それはとうてい正規軍兵士とは思えないぼろ服を着た山賊のような兵士たちだった。新京のあちこちでソ連軍兵士による強姦、強奪、殺戮の惨事が起こり、日本女性は全員髪を短く切って男の服装をするようになった。ソ連兵は日本人と中国人の区別がつかないようで、中国人も容赦なく、白昼街角で小銃を突きつけられて、強姦され、略奪され、いとも簡単に射ち殺された。終戦で日本支配が終わったと喜んだ中国人たちも、今ではソ連兵に入って来られるより日本人の方がましだったと言っているという。ソ連兵は夜になると強姦の獲物を求めて日本人の住居を襲撃するので、社宅の壁に穴をあけて隣と行き来できるようにして、どこかに押し入ろうとしたときには隣に移動して留守のふりをして暮らしている。だから先ほど窓が叩かれたときには、無言で隣に移動しようとしたのだが、夫の声がしたもので本当にびっくりした。妻がそんな話をする間、水島も相づちを打ちながら、聞くも涙、語るも涙というようすだった。

新京日本人会

水島の家族は、終戦で水島の俸給が入手できなくなり、わずかな貯えも預金封鎖で引き出し不可能になったあと、自分たちの持ち物を公園で売って得た金でこれまで食いつないできた。男手三人分増えたのは心強いが、食い扶持《ぶち》も三人分増えたことになる。三人が持参した食糧は、とりあえずの空腹をしのぐ役には立つが、これもいくら食いつないでも数週間しかもたない。なんとか仕事の口を探さなくてはならない。

翌日、水島が、社宅で隣同士の都築《つづき》という元同僚に相談すると、銀行はソ連軍に真っ先に接収され、もはや銀行に仕事はないと言う。

「八月十九日、いよいよソ連軍が来るというので、新京の日本人有力者が集まって『新京日本人会』を組織した。それで当座の資金を貸しつけてほしいというので、筆頭理事の長谷川さんが即決で二千万貸し出した。いかに筆頭理事とはいえ、無利子無担保で二千万出すというのはそうとうな決断だったはずだが、あとから考えれば、総ざらい貸し出しておけばよかったね。

かろうじてこれだけが日本人難民のための当座の資金になったんだ。ソ連軍が来たのはそれから間もなくだったよ。自動小銃を突きつけて『金を出せ』だ。ありゃあ強盗そのものだったね。銀行の大金庫を開けさせて、金塊と札束をすっかり持ち去った。それから俺たちは銀行から追い出されて、すっかり仕事はなくなったというわけさ。

今でも満州で流通している紙幣は中銀券だ。ソ連軍の軍票なんか誰も見向きもしない。僕は、今は『新京日本人会』の事務所で仕事をしている。新京には満州各地から避難民が続々集まっている。その名簿を作成したり、宿舎を割り当てたり、当座の食糧を配給したり、仕事はいくらでもあるんだが、資金がないので給料が滞っている。日本人会の資金集めも仕事の一つだ。僕はこれから出勤だけど、どうだい、とりあえず顔を出してみたら」

そう言われて、三人で日本人会の事務所に行くことにした。軍服を着ていると脱走したとすぐにばれてしまうので、小太郎は水島の持ち合わせの国民服に、柴崎は水島の息子の忠男《ただお》の替えの学生服に、それぞれ着替えた。

シラミだらけの軍服は、階級章をはずして煮沸して市場で売りに出すことにした。水島の息子の中学生の忠男が、学校も閉鎖されているので、同級生数名といっしょに、社宅の人たちから委託を受けて、公園の片隅を市場としてさまざまなものを売っているのだ。

日本人会の事務所は中銀の社宅にほど近いビルの一角にあった。在留邦人の主だった者は、戦時中の反ソ言動をとがめられてソ連軍に連行されるかもしれないということで、会長には政治色のない人物がいいだろう、ということになり、新京第一医院院長の小野《おの》寺直助博士《でらなおすけはかせ》が会長を務めていた。

日ソ開戦前の新京の日本人人口は十三万四千人だった。それが開戦で疎開が始まり、五万人ほどが南へ脱出したので、八万人に減った。ところがそれと前後して辺境の避難民が新京へどっと入って来た。東の牡丹江《ぼたんこう》方面からも、北のハイラルやチチハル方面からも、続々と入って来た。しかも新京から出て行った五万人の少なからぬ部分が四平《しへい》や鉄嶺《てつれい》まで行って、そこから先へ行けないというので、また引き返して来た。八月末には新京の日本人人口はいきなり十四万人ほどに膨れ上がったのである。

着のみ着のままで逃げてきた避難民たちは、大通りや広場にあふれて野宿した。栄養失調で倒れる人が続出し、新京はあっという間に地獄の町と化した。当初は栄養失調で抵抗力が弱っているために結核や肺炎で死ぬ者が多かったが、少ししてから発疹チフスが流行した。チフスはシラミを介して感染するが、難民は下着も替えず入浴もしないのだから、シラミは蔓延《まんえん》した。発疹チフスは、通常であれば、それほど致死率の高い疾患ではない。今なら抗生剤を使用するが、抗生剤がなくとも、安静と清潔を保ち、高カロリーでビタミンの豊富な消化のよい食事をとればたいがいは助かる。ところがこうした処置がいずれも不可能なのだから、難民たちはばたばたと死んだ。

こうした惨状に対して、小野寺博士が難民救済のために陣頭指揮にあたっていたのである。戦闘行動ではさっぱり頼りにならなかった水島は、事務能力を買われて、すぐに日本人会の経理の仕事を割り当てられた。柴崎は都築らといっしょに難民に配給物資を配って歩く仕事につくことになった。小太郎は小野寺博士のカバン持ちをすることになった。

小野寺博士は、今日はソ連軍のカバレフという大将が腹痛を起こしたというので、その往診に出かけるところだった。小太郎はさっそく往診カバンを持ってついて行くことになった。小太郎は医者の息子といっても医療のことは素人そのものである。往診について行っても何もすることはないように思えた。カバンを持って小野寺博士のあとを歩きながらそのことを尋ねてみた。

「博士、私は診療の介助とかはできませんが、いいですか？」

「いいよ。ソ連兵による強姦被害者はうちの病院にも多数押しかけてきた。小学生から老婆まで陰部裂傷を負って次から次へと運び込まれてきたんだ。中には舌を噛み切って死のうとして死にきれなかった者や、抵抗したために顔面を銃床で殴打されて顔中血だらけの者や、銃剣で腹部を刺されて瀕死の状態の者もいた。看護婦たちはそういうソ連兵の暴虐の実情を見知っているんだ。ソ連軍の兵営について来てくれる看護婦なんか一人もいないよ。君は気仙沼出身だと言っていたね。僕は岩手の前沢の出身でね。気仙沼は宮城県とはいっても、岩手県南との交流は盛んだ。なんとなく君に親しみを感じてね。それで君を指名したわけだ。まあ、路上で満人*のひったくりにやられる恐れもあるし、君はカバン持ち兼用心棒なんだ。君は元は漁師だったというが、海の男はめっぽうケンカも強いんだろう？」

「いいえ、とんでもございません」

小太郎は顔の前で手を振った。

「そうかい、それにしちゃあずいぶん目つきが鋭いね。実際の腕っぷしがどうだろうと、そういう顔つきの若いもんがついているというだけで、満人のひったくりは恐れをなすだろうよ。とにかくカバンはしっかりかかえていてくれよ。中の薬はもう満州ではどこでも手に入れようがないんだから」

小太郎は、自分では気づかなかったが、ソ連軍の侵攻以来、絶えずあたりを警戒しながらここまでたどり着く間に、すっかり目つきが悪くなってしまっていたらしい。小野寺博士にひったくりに注意するよう言われて、カバンを両手でしっかりかかえ込むように持ち直した。

＊満人：満州国建国に際し、「五族協和」のスローガンが掲げられ、日・漢・満・蒙・鮮、すなわち、日本人・漢民族・満州族・蒙古族・朝鮮人の五族の協和という意味で用いられた。だが、満州国の最多数を占める民族は漢民族であり、実際上、言語風俗習慣において、すでに漢民族と満州族の差異は消滅していたので、まもなく満州国では、満人と漢人はともに「満人」と呼ばれることになり、満州国には革命を逃れて亡命してきた白系ロシア人もいたので、「漢」に代わって「露（ロシア）」を入れて、五族協和とは、日・満・蒙・鮮・露の「五族」の協和を指すようになった。

腹痛を起こしたというソ連の大将は、日本人会の事務所から歩いて十分少々のソ連軍司令部にいた。元の関東軍司令部を接収してソ連軍司令部に使っているのだ。門衛に話が通じてあったらしく、すぐに大将のベッドのある部屋に通された。なにやらロシア語でわめいているのが部屋の外にまで聞こえていた。ノックをすると、女性の通訳の少佐がドアを開けて日本語で話しかけてきた。ソ連軍には女性兵士もさして珍しくはないが、男まさりのいかつい体つきをした兵士が多かったのに対し、この少佐はまだ二十代らしく、小柄で、長い黒髪を編んで頭頂部に巻きつけていた。カーキ色のスカートに少佐の肩章をつけた軍服を着て、舟形の略帽を斜《はす》にかぶっている。短い鼻がやや上を向いていて、美人というわけではないが、日本人には親しみを感じさせる東洋系の顔立ちをしていた。

「ああ、ドクトル、よく来てくださいました。私は通訳のアンナ・コヴァレフスカヤ言います。たいへんです。閣下は朝から急に腹痛起こしました。去年盲腸の手術していて、それがもとで癒着を起こして腸閉塞になったのだと自分で言ってます。腸閉塞の手術できる医者は、今新京にいるソ連の軍医の中にはいません。早く日本人のドクトルに来てもらわないと死んでしまうと、先ほどから大騒ぎなのです。どうか、ドクトル、お願いします」

「まあ、まず診察してみましょう」

小野寺博士は、外套《がいとう》と背広を脱いで、ワイシャツの腕まくりをしながら、落ち着いた口調で言った。博士の日本語はわからなかっただろうが、その口調としぐさで、白髪をふり乱した大将の表情もやわらぎ、わめき声はぴたりとおさまった。ベッドに横になっている大将のパジャマを広げさせて、なれた手つきで腹部を触り、打診と聴診をしたあと、博士は小太郎を呼んでカバンから錠剤を取り出した。

「これを飲んでみてください」

コップに水を持ってきてもらうと、不安な顔つきで大将はその錠剤を飲んだ。そして、数分後、大将は晴れ晴れした顔つきでアンナ少佐に何やら言った。

「閣下は、すっかり治ったと言ってます。ソ連の医者では決して治せなかった癒着を手術しないで治してくれた。大感謝です。お礼は何がいいか、と聞いてます」

「そうですか。では、私個人へのお礼は別に要りませんので、新京の避難民のために食糧を分けていただけませんでしょうか」

少佐がそれを大将に伝えると、大将はにこやかに何事か言った。

「お安いご用です。ソ連も今は食糧難で、お好きなだけというわけにはいきませんが、食糧倉庫からリヤカーいっぱい持ち出しの許可証を出します。今後も何かお困りのことありましたら、ご相談くださいとのことです」

「それはありがたい。難民は続々詰めかけて来ております。どこか宿舎を手配していただけませんでしょうか」

それを少佐が伝えると、大将はしばらく考えて何か言った。

「その件は、直ちにというわけにはいかないが、検討の上、なんとかしようと言ってます」

それで二人は何度もお辞儀をして退出した。

そんなわけで、ソ連兵に手伝ってもらってリヤカーに食糧を積み込んだあと、小太郎がリヤカーを引いて帰ることになった。

「博士、すごいですね。薬一錠で腸閉塞を治すなんて」

小太郎は、博士の腕前にすっかり感心してしまった。

「ハハ、あれは腸閉塞なんかじゃないよ。ただの腹痛さ。緊急手術が必要な状態と少しようすを見ていてかまわない状態と区別がつかないようじゃ、医者は務まらないよ。大声が出せるということ自体、症状が重くない証拠だ。僕は部屋に入る前にそうたいしたことではあるまいと見当がついたよ。たぶん、気持ちを落ち着かせて、そのままようすを見ているだけでも治っただろうが、カバンの中に鎮痙剤《ちんけいざい》があったからね。飲ませてみたのさ。ロシア人は薬を飲む機会がめったにないらしいからね。よく効いたね。酒もしょっちゅう飲む人はなかなか酔わないが、初めて飲む酒は効くものだ。薬も初めて飲む人にはよく効くもんだよ」

「そうなんですか。でも、ソ連の医者はどうしてそういう診断ができないのですか」

「うん、どうしてなんだろうな。この間うちの病院に器材の接収にやって来たソ連の軍医は血圧計の使い方も知らなかった。ソ連は革命以来鎖国みたいな状況になっているからね。革命以来というより、第一次大戦でドイツと国交断絶して以来、つまり三十年以上にわたって、ソ連の医学は西欧との交流を失って進歩が止まってしまったのかもしれないね」

「はあ、鎖国というのは、物資ばかりでなく、情報も遮断されるんですね」

「うむ。今の満州もソ連圏に組み込まれた状態だから、完全に情報が遮断されている。通信線は切断されたし、郵便業務も停止されている。ラジオも徹底的に探索されて没収されてしまった。日本人が鉄道で移動することは特別の許可がない限り不可能だから満州内各地区の交流も極めて困難だが、国境地帯の警戒はとくに厳重で、満州からの脱出はほぼ不可能だ」

「これだけ大勢の日本人が満州にいるのに何の連絡もとれないんですから、日本では留守家族もさぞかし心配しているでしょうね」
「でも、僕らだって実際ソ連兵を見るまでは、ソ連がこんなに貧しくて野蛮で遅れた国だなんて思っていなかったからね。ソ連側では、社会主義国では日本の民間人も捕虜も誰からも搾取されることなく、何の不満もない暮らしをしていると宣伝しているだろうし、日本では、僕らが居心地がいいから帰らずにいると思っているかもしれないよ」
「そんなことはないですよ。留守家族も必ず心配していますし、政府だってソ連占領地区にいる邦人全員の帰国を連合国に必死で嘆願していますよ」

未帰還の家族を留守家族が心配しているのは当然だろう。一家の大黒柱が徴兵されて満州で捕虜になった場合などは、とくに切実だった。あらゆる情報から切断されてしまった在満邦人は、自分たちが政府からも見放されてしまったように感じたが、日本政府がなんとかしてソ連占領地区在留邦人と連絡をとろうとし、連合軍総司令部にソ連側と連絡がとれるよう再三にわたって嘆願したのは史実である。

日本政府が連合軍総司令部に対して、満州、北朝鮮などのソ連軍占領地区について初めて公式に問題を提起したのは、終戦から八日しかたっていない八月二十三日のことである。総司令部はまだフィリピンのマニラに本部を構えていた。この在マニラ連合軍総司令部にあてて日本政府は以下の電文を送った。

「満州、蒙疆《もうきょう》、北鮮においては、各方面逐次武装解除を実施しつつあるも、一部においては日本軍および邦人に対する無法なる発砲、掠奪《りゃくだつ》、暴行、強姦等目に余る行為多発し、逐次治安維持が不可能となり、収拾不可能なる事態惹起《じゃっき》の徴《ちょう》歴然たり。

かくのごとく日本が誠意をもって忠実に貴軍司令官の要請に応ぜんとするも、事態の推移は楽観を許さざるものあるにつき、これら治安不良地区においては、邦人を安全なる地区に退避せしむるまで、所要の武器を保持することを許容せられたきことを望む」

その後も日本政府は幾度もマニラの総司令部にソ連占領地区の治安回復の要請電報を打ち続け、総司令部の日本進駐以後も、終戦連絡事務局を通じて繰り返し満州および北鮮の事態の善処《ぜんしょ》を申し入れた。

だが、ソ連占領地区にたいしては、連合軍総司令部としてもどうしようもなかったのである。それでも、日本政府としては、連合軍総司令部よりほかに頼るものはない。政府はソ連軍占領地区の憂慮すべき事態について繰り返し善処を申し入れた。

日本政府は、終戦以後、中立国のスウェーデンやスイスに駐在する公使を通じてソ連に働きかけようともしたが、ソ連側はまったく無視した。やがて十月二十五日、連合軍総司令部は、日本の在外公館の資産の引き渡しと外国における外交活動の全面的停止を命じた。翌昭和二十一年一月には、在外公館の館員すべてでも日本へ引き揚げさせられたので、以後、日本政府の国際社会とのつながりは、占領軍当局だけとなった。日本政府は、総司令部の担当者から迷惑がられても、困惑以外の反応は得られないとわかりきっていても、ソ連軍占領地区の邦人の保護と帰国を執拗《しつよう》に懇願《こんがん》し続けたのである。

小太郎はそうした史実の細かいところまでは覚えていなかったが、日本政府が連合軍総司令部に執拗に邦人保護と帰国を懇願したことは覚えていたので、つい小野寺博士にむきになって反論してしまったのである。

「そうだといいがね。関東軍が民間人を置き去りにして以来、僕らは本国政府もなかなか信用できなくなってね」

「日本人会会長がそういうお気持ちではいけません。難民となった在留邦人に必ず帰国できるという希望を与えることができるよう、博士ご自身が明るい表情をしてくださらないと」

「おお、その通りだったね。望みのない患者の前でも、医師はそういう気持ちを顔に出してはならない、というのは診療の基本だ。君、若いに似合わず、しっかりしたことを言うね」

「望みはあります！　賭けてもいいですが、在留邦人の大半は来年の年末までに帰国できます！」

「えっ、君、どうしてそんなこと断言できるんだ？」

それは史実なのだが、それを言ってもまともには受け取ってもらえないだろう。小太郎は少しうろたえて答えた。

「いっ、いやあ、どうしてと言われても困りますが、私は先のことがわかるんですよ。そして、私が必ずこうなると感じたことはけっこう当たるんです」

「占い師みたいなものかね？　満州族にはシャーマニズムが近代まで残っていて、今でも田舎にはそういう予言をするような呪術師《シャーマン》がいるそうだが、君も満州に来て霊感でも感じるようになったのかね？　人間、絶望してしまうと病気にもかかりやすくなる。チフスが蔓延してどんどん死んでいく難民たちに、与える薬もないのがつらいが、せめて希望だけは与えてやりたい。僕は占いは信じない方なんだが、君のその占いだけは信じてみることにしよう。ワハハ、今後ともよろしく頼むよ」

博士は、リヤカーを引く小太郎と並んで歩きながら、冗談めかして小太郎の背中を軽く叩いた。

麻袋部隊

一方、都築ともう一人の日本人会職員とともに配給食糧を載せたリヤカーを引いて難民への食糧配給に行った柴崎は、異様な光景を目にした。二十人ばかりの痩せこけた人たちが袋をかぶって空き缶を手に持って歩いてくるのに行き会ったのだ。麻袋《またい》、つまり高粱や粟《あわ》といった穀物を入れるのに使う麻の袋を逆さにかぶっている。麻袋に頭と手を出す穴をあけて服代わりに着ているのである。

柴崎が驚いた表情で立ち止まったのを見て、都築が声をかけた。

「初めて見たのかい。彼らはソ連参戦直後、国境近辺からとにかく南へ南へと避難してきた人々で、出発当初は多少の持ち物もあったのだろうが、途中でソ連兵や暴民に襲われて、新京に着くころには裸同然になってしまったんだ。やむなく拾った麻袋を服代わりにしているのさ。ここじゃ『麻袋部隊』と呼ばれて、もう珍しくもなくなったよ」

彼らは女性と老人がほとんどで、中にはいたいけな子供も交じっていた。麻袋の編み目は粗いので風通しがいいことおびただしい。中南米あたりで着用されるポンチョに似た外見だが、亜熱帯ならともかく、彼らは満州の冬の寒さをこの姿で越さなくてはならないのだ。

「あの人たちに衣服を支給できないんですか」

「どこにそんな余裕がある？　それに彼らに衣類を支給したところで、その日のうちに売り払って食べ物に換えてしまうさ。持ち物をすべて売り払って、それでもその日の食べ物にことかいているからああいう格好になっているんだ。彼らは満人の家の門口に立って手に持っている空き缶をさし出すんだ。怒鳴りつけられて追い返されることが多いが、稀《まれ》に空き缶に残飯を入れてくれる満人がいる。そうやってかろうじて飢えをしのいでいるんだ」

「じゃあ、この食糧は誰に支給するんですか？」

「これから行く国民学校（小学校）にいる難民だ。彼らは昨日新京に着いたばかりだ。日本人会で食糧を配給するのは、難民が新京に着いてから三日間だけだ。それ以降はなんとか新京で自活の道を見つけてもらうんだ」

「自活って、満人の家に行って乞食をすることですか？」

「それ以外の仕事を見つけてほしいもんだがね。多少元手を持っている人なんかは、材料を仕入れて饅頭《マントウ》、餃子《ぎょうざ》、焼き芋なんかの屋台を出したりしている。うちの職員宿舎では、男はほとんど兵隊にとられてしまったが、たいがいの奥さんたちはミシンを持っていて、満人から裁縫仕事を引き受けたりしてなんとか暮らしている。男の場合はソ連軍の使役とかね。関東軍は莫大な物資を貯蔵していたから、これをソ連本国に運ぶにはいくらでも人手がいる。日本の物をソ連に奪われるのに日本人が手を貸して、それでおこぼれをもらうんだから、情けないがね」

国民学校に着いて、高粱粥《コーリャンがゆ》を入れた寸胴鍋《ずんどうなべ》をリヤカーから下ろして温め直して、各教室で暮らしている難民たちに配給した。終戦までは高粱は満人の食べ物で、満人が米を食べたことが判明すると処罰される規定まであった。それが今では満人がおおっぴらに米の飯を食べて、日本人がかろうじて高粱粥で糊口《ここう》をしのいでいるのだ。昨日新京に着いたという難民たちは道中どれほど苦労して来たのだろうか。かつては見向きもしなかった高粱粥を涙を流さんばかりにして受け取っている。中に空き缶すら持っていない人がいた。容れ物がなければ配給もできない。その若い母親は両手をさし出して手に盛ってくれと泣きついた。柴崎はほかの二人に、先に空き缶のある人に配給するように言って、突然外に走り出た。彼は校庭の柏の木の葉を何枚かむしって来て母親に与えた。素手で粥を受けるよりはましだったろう。母親は涙を流しながら柏の葉に粥を受け取って、骨と皮ばかりになった幼な子に食べさせていた。

ある教室の近くに行くと激しい異臭がした。大便のにおいと腐臭の混じった吐き気をもよおすような悪臭だ。

「ここには入りたくないけど、これも仕事だからな」

作業に慣れた二人は手拭いで鼻を覆った。柴崎もその真似をして、三人が頬かむりならぬ鼻かむりの手拭いをして教室に入った。柴崎は息を呑んだ。十数人の難民が筵《むしろ》の上に寝かされている。血の混じった下痢便が垂れ流しになっている。便には高粱《コーリャン》が全く消化されずに出ている。意識が混濁して、三人が入って来たのに気づかない人もいた。そういう人には何も与えず、三人を見つけて空き缶をさし出した人にだけ粥を盛った。すでに息をしていない人が二人いたので、この死体は外に運び出した。

三人で校庭に穴を掘って埋葬した。柴崎は、あまりの惨めさに涙を流しながら手を合わせたが、ほかの二人はすでに慣れているのか、帰り支度を始めた。

「あれはチフスの患者だ。死体に触ったあとは、手洗いとうがいを忘れるなよ」

と感染予防について都築が注意した。

「動ける難民には配給は到着から三日間までだが、動けない病人には配給することにしている。彼らは便所に歩いて行くこともできなくなった末期患者なんだ」

*

小太郎と小野寺博士が事務所に戻ったのは、もう昼近くだった。水島たち事務員は、帳簿の整理で忙しそうにしていた。小野寺博士が戻ってきたのを見つけて水島が寄ってきた。

「手持ち資金は数ヶ月しか持ちません。難民への食糧配給は、新たに来た難民に、当座の三日分だけ支給して、あとは自活するように促していますが、それを二日分に減らしても年末までもつかどうか危ないです」

「いや、実際のところ、日本人が新京に着いて三日のうちに仕事を見つけるなんて不可能だよ。三日分だって足りないんだ」

　そういう話をしているところに食糧配給に回っていた柴崎たちが戻ってきた。柴崎はやや興奮して小野寺博士にかけあった。

「博士、難民への配給を高粱《コーリャン》から米に変更できないでしょうか。難民はここに着いたときにすでに栄養失調になっています。弱った体では高粱を消化することができません。高粱を食べても未消化のまま排泄されるだけです」

「僕は医者だ。言われなくともわかっている。本来なら、消化器症状のひどい患者は絶食にしなくてはならない。消化管を働かせることは病気を悪化させるだけだ。だが、どうやっても死ぬなら、死ぬ前に何か食べさせたいという人情で配給しているのだ。もちろん最後の食事はまっとうな食事の方がいいに決まっている。だが、どうしようもないのだ。資金には限りがあり、物価は高騰し続けている。高粱《コーリャン》の配給だっていつまで続けられるか……」

「そうなんですか。末期患者のことはわかりました。では、若い自分は高粱で大丈夫ですから、自分の米を難民の子供たちに配給してください。子供たちがやせこけて死にかけているのを黙って見てはいられません」

「君の持参した背嚢一つの米を難民に分けたところで焼け石に水だ。自分の健康も考えなさい。君が倒れたら誰が病人に配給を持って行くんだ？」

「でも博士、難民の状況はひどいものです。今日、僕は麻袋部隊と呼ばれる難民を見ました。惨めです。惨めすぎます」

柴崎は泣き声になって博士に訴えた。

「そうか、君は今日初めて彼らを見たんだものな。僕らはもう麻袋部隊も見慣れてしまったよ。とにかく資金を稼ぐ算段をしなくてはならない。同胞の苦難を見過ごしにできないという君の気持ちは貴いものだ。だが、気持ちだけでは彼らを救うことはできない。君も資金稼ぎのいい方法がないか、考えてくれ」

博士は涙をぬぐう柴崎の肩を抱きかかえるようにして慰めた。

初日に、日本人会がかかえるさまざまな問題について、小太郎、柴崎、水島の三人は、それぞれに考えさせられるところがあった。夕方、仕事を終えて帰る途中、かわいらしい声が聞こえた。

「真好吃的《チェンハオツーダ》饅頭《マントウ》！　便宜《ビェンイー》！　便宜《ビェンイー》！（とってもおいしい饅頭！　安いよ！　安いよ！）」

いたいけな子供が道行く人に声をかけて、必死で饅頭を売ろうとしている。水島は足を止めて、家で自分の帰りを待っている家族の分まで饅頭を買った。母親が深々と頭を下げた。

「どうもありがとうございます。私より子供の方が満語がうまいものですから、子供に客寄せをさせておりまして、お恥ずかしい次第です」

「いえいえ、奥さん、けなげなお子さんじゃないですか。ボク、エライねえ」

水島はしゃがみ込んで子供の頭をなでた。不意に水島は嗚咽《おえつ》を漏らした。

「ハハ、子供のボクがこんなに親孝行なのに、大人のオジさんが泣いちゃあおかしいねえ」

水島は涙をふるって立ち上がった。そして帰り道をたどりながら、小太郎と柴崎にというよりは、独り言のように言った。

「戦争に負けるということはこういうことなんだねえ。戦争を始めた大人よりも、何も知らない子供に一番のしわ寄せが来る」

家に帰り着いて、夕食を終えると、三人はそれぞれの思うところを語り合ったが、結論は、早期帰国の道を見つけることと、いつ帰国できるかわからない現状では、とにかく資金をどうにかしなくてはならないというところに帰着した。

ムジカーント・ワキモリ

「何か割のいい仕事を見つけなくてはなりませんね」

柴崎が言うと、水島が応じた。

「工場も商店も全部ソ連軍に接収されたからね。日本人に向くような仕事はないよ。それに仕事で稼ぐと言っても、日雇い仕事みたいなことでは、自分の食い扶持《ぶち》程度しか稼げない」

「今朝、小野寺博士がソ連軍将校を治療してリヤカーいっぱい食糧を受け取ったそうじゃないですか。今新京で一番物資を持っているのはソ連軍ですから、ソ連軍になんとかしてもらうのがいいんですがねえ」

柴崎が言うと、小太郎が口をはさんだ。

「ソ連のお情けにすがれるようなら話は簡単だがね。連中は満州から戦利品をむしり取ることしか考えていないよ」

《俺が得意なのはギターだけど、ギターなんかないからなあ》

「そうだ。今、満州には娯楽がない。ラジオも没収されて、みんな食べ物にも事欠いてはいますが、娯楽にも飢えている。それはソ連兵も同じことです。何か楽器はないですか」

「楽器？　ハモニカならあるけど」

「いいです。ちょっと使わせてください」

「おい、春子、お前学校でハモニカ使ってたろう。お兄さんが貸してほしいってさ」

水島の小学生の娘の春子がハモニカを持ってきた。春子も和子と同様、髪を短く切って顔にススを塗っている。子供でも女と見れば襲いかかるソ連兵の目をごまかすために、母親から無理やり髪を切られたときには大泣きした春子だった。そうして娘であることを隠しても、目のくりくりしたかわいらしい顔立ちは隠しきれなかった。

「お兄さん、ハモニカ吹けるの？」

「《ブルース・ハープって言ってほしいんだけどね》何がいいかな。春子ちゃん『ふるさと』歌える?」

小太郎はハモニカを吹いてみた。この時代の人がよく知っているような曲はあまり知らないが、小学校で教わった「ふるさと」を吹いてみた。春子がそれに合わせて歌った。自分のハモニカからこんな美しい音楽が流れてくることに春子は驚いた。そして、小太郎は全然気にしなかったのだが、春子の方は、自分が口をつけたハモニカに小太郎も口をつけたことに、少女らしい恥じらいを覚えたのだった。

「脇森君、うまいじゃないか」

「本当はギターの方が得意なんですが、これでロシア民謡なんかやると、ソ連軍から何かもらえないでしょうか」

「そうか、このぐらいの技量があれば、なんとかなるかもしれない。明日小野寺博士に相談してみよう」

「自分もハモニカなんて聞いたのは何年ぶりです。脇森さん、何かもう少しお願いします」

《でも、この時代の人に真島昌利《マーシー》なんて理解できねえよなあ。そうだ、じいちゃんが酔うといつも歌ってた歌があったな》

小太郎は「異国の丘」を演奏した。

「心にしみるようないい曲ですね。聞いたことないです。歌詞も教えてください」

小太郎は立ち上がって歌った。

今日も暮れゆく　異国の丘に
友よ辛《つら》かろ　切《せつ》なかろ
我慢だ待ってろ
嵐が過ぎりゃ
帰る日も来る春が来る

「歌詞もいい！　泣けてくるような、今、異国で苦労している日本人の心にしみるようないい曲じゃないか」

水島までが感激した声を上げた。

「《そりゃ、そうだよなあ。国民栄誉賞作曲家の吉田正《よしだただし》がシベリアから帰国したあと、日本中で大ヒットする曲だからなあ。でも、今流行《はや》らせちゃうと歴史が変わっちゃうかもしれないなあ》前にいた部隊に作曲のうまいやつがいましてね。そいつが作ったんですよ」

「そうか、ソ連軍で歌うのが金にならないとしても、これを街頭でやったら日銭以上の稼ぎになるよ」

「いや、日本人同士で金のやり取りするより、なんとかソ連軍から資金を算段することにしましょう」

翌日、小野寺博士に相談すると、ギターがあるという。

「そうか、君、ギターが得意なのか。気仙沼にギターを弾ける人がいたなんて驚いたねえ。ギターならあるよ。うちの病院に勤めていた若い医者がギターが得意でね。彼は軍医として召集されて、ギターは戦地に持って行くわけにもいかず、僕に預けて行ったんだ。でも、南方に行く途中、輸送船が沈められてね。ギターが彼の形見になったんだ」

そこで病院まで出向いてそのギターを手に取ると、当然エレキギターではなくクラシックギターだったが、なかなかいいギターだった。ちょっと「禁じられた遊び」を弾いてみた。

「いやあ、うまいねえ。僕は若いころドイツに留学してね、普通の人よりは向こうの歌も知っているつもりだが、聞いたことない曲だなあ。いい曲だねえ」

「《そうか、『禁じられた遊び』は、戦後しばらくしてからの映画のテーマ曲だったな》

いやあ、ほんの手慰みです。曲名も忘れました。ロシア民謡なんかも少し弾けます」

小太郎は、「カチューシャ」、「ともしび」、「トロイカ」のさわりをメドレーで弾いた。

小野寺博士は最初、小太郎がギターを弾けるというところに驚いたが、戦時中からラジオで流れる音楽と言えば勇ましい軍歌ばかりだったこともあって、哀調を帯びたロシア民謡にすっかり聞き入ってしまった。

「すごい！　すごいじゃないか。これならソ連軍兵士に聞かせても、きっと金になる」

小野寺博士は、さっそく先日腹痛を治してやったカバレフ大将に話を通じた。

そこで、小太郎がカバレフ大将の前でロシア民謡を演奏すると、大将ばかりでなく同席した副官も、通訳のアンナ少佐までも涙を流して聞き入った。演奏が終わると、少佐が大将の言葉を伝えた。

「ありがとございます。私たち、ふるさと離れてずっとドイツと戦争してました。ドイツとの戦争終わっても、私たちまだふるさと帰れない。あなたの曲を聞くとふるさとに帰った気持ちになって、ほんとに慰められました。あなたのお名前は何と言いますか？」

「脇森コタ……いや、脇森太郎です」

「音楽家《ムジカーント》ワキモリ、ぜひ兵隊たちの前で演奏してください。報酬は、すぐれたムジカーントにふさわしい金額を差し上げます」

小太郎は次の日曜にソ連兵慰問のための演奏をすることになった。ギターを弾くのはタイムスリップして以来初めてである。しかも、毎日ギターを練習していた小太郎の左手の指先には固いタコができていたのだが、今の体は太郎の体だから、タコは塹壕掘りでできたタコで、手のひらは固いが指先はふにゃふにゃである。日曜になるまで毎日ひと通り練習した。

中庭でギターを弾いていると、春子と忠男ばかりでなく、職員宿舎の子供たちが集まってきた。みんな外に遊びに行けずに暇を持て余しているのだ。子供たちもロシア民謡に聞き入った。ほかにいくつか童謡を演奏してやると、子供たちは目を輝かせてギターに合わせて合唱した。それだけで指先がずきずき痛いぐらいになった。これでまともに演奏できるだろうか？　小太郎は不安をかかえつつ眠れぬ夜を過ごした。

日曜日、小太郎は水島といっしょに、ソ連軍の兵営になっている小学校の講堂に指定の時間に行った。その日はソ連兵も休日になっていた。講堂に入って驚いた。超満員である。クッションつきの椅子を並べた前列の将校の座席には多少のゆとりがあるが、それ以外は木製のベンチをびっしり並べたところに、兵隊が肩をくっつけてぎっしり座っている。

司会役の将校はカバレフ大将の通訳のアンナ少佐だ。編んだ髪を頭頂部で丸める髪型は普段と変わりないが、いつもよりきちんと結って、ブラシをていねいにかけたばかりらしい制服を着ている。彼女が何やらロシア語で紹介すると拍手が起こり、その手招きに応じて小太郎は舞台に上がった。小太郎はこんな大勢の聴衆の前で演奏するのは初めてのことで、すっかり上がってしまった。だが、ここまで来たらやるしかない。ここの小学校で使われていたらしい小さな木製の椅子に腰かけ、水島に手伝ってもらってギターの音を一番よく拾える高さにマイクを調節した。

「脇森君、頼むぞ」

水島は、ぐっと小太郎の右肩を力強く押さえて、励ましの言葉を残して舞台そでに下りて行った。小太郎は舞台上にただ一人取り残された。だが、それでむしろ腹が決まった。最後にひと通り調弦すると気持ちが落ち着いた。

小太郎は、まず「カチューシャ」を弾いた。調弦が終わるまでは少しばかりざわついていた講堂内が、「カチューシャ」の前奏が始まると、水を打ったように静まり返った。

　リンゴの花ほころび　川面《かわも》にかすみ立ち
　君なき里にも　春は忍び寄りぬ

演奏を始めると指先の痛みなど感じなくなった。ギターが歌うのはロシアの春の情景と言うより、小太郎の心の中の気仙沼の春の情景だった。花はリンゴの花ではなく大川の桜並木の花だった。そういえば大川の桜並木はどうなったろうか？　津波のあとではあの桜並木も消滅しただろうか？　祖父母が元気だったころ、毎年春になると、浩次叔父一家もいっしょに花見に行ったものだった。河口に近い大川は風のないときには鏡のように滑らかで、その川面に映る満開の桜は気仙沼の春の風物詩だった。

現実の大川の桜がどうなっていようと、今ギターに没入している小太郎の胸の中では大川の桜は満開を迎えていた。

君なき里にも　春は忍び寄りぬ

そうだ、俺がいなくとも、大川の桜が流されていても、きっと気仙沼に春は来ているだろう。小太郎の望郷の思いを載せて、ギターの弦は、ひらひらと舞い落ちる花びらが春の陽光にきらめくようすを表すように細かく震えた。

苦悩は芸術家を鍛えるという。娯楽にあふれる飽食の平成から、突然飢餓と疫病にさいなまれる終戦当時の満州に放り出され、ギターを弾くことなど思いもよらず、いっさいの娯楽から遮断されて死線をさまよう間に、小太郎の芸術家としての才能は鍛えられたに違いない。かつてミュージシャンとしてデビューすることを夢見て必死でギターを練習していたころ、小太郎はどうしたら聴衆に受けるように曲を弾けるかということばかり考えていた。練習から遠ざかっている間に、小太郎の魂の中では音楽に対する飢えが大きくなっていた。どんな猛練習をするよりも、ギターから遠ざかっていた期間が芸術家の魂を鍛え上げたのだ。今は小太郎の念頭から満場の聴衆は消えていた。その旋律は、ギターから流れてくるというより、小太郎の魂の奥深いところから泉のごとくあふれ出てくるのだった。

「カチューシャ」はロシア人なら誰もが子供のころから口ずさむ曲である。それは両親や祖父母、幼な友達との思い出と分かちがたく結びついている。その旋律は、満場のソ連兵一人一人のそれぞれのふるさとの思い出を呼び起こした。だが、曲が進むにつれ、それは、もはや小太郎の心中の情景の表現ではなくなり、ロシアの民族歌謡ですらなく、戦争で傷ついたすべての人間の魂をやさしく癒やす旋律と化して、聴衆の心を一つにつつみ込んだ。

「カチューシャ」を一曲弾き終えたとき、小太郎は講堂のあちこちですすり泣きが起きているのに気がついた。突然拍手が起きた。「万雷《ばんらい》の拍手」という言葉を小太郎は言葉の上でだけ知っていた。今講堂を揺るがすばかりに鳴り響く拍手こそは、まさにそれだった。

次いで、アンコールを求めるらしい聴衆のロシア語の叫びが巻き起こった。自分自身目をうるませて上気した表情に激しい感動を表しているアンナ少佐が舞台に上がって来て、大歓声を縫って、日本語で言った。

「兵隊たちが、あなたの演奏に合わせて合唱したいと言ってます」

小太郎は立ち上がってお辞儀をして、聴衆に向かってわかったというように手を振った。

再び小太郎が演奏すると、ギターに合わせて荘重な男声合唱が講堂全体を震わせた。

今度は小太郎が驚いた。

《うまいじゃないか。これがただの兵隊の寄せ集め？　ロシア語はさっぱりわからないけど、日本なら合唱コンクールでも地方予選ぐらい勝ち上がるぜ》

それから、「ともしび」と「トロイカ」も、最初に独奏、次に合唱と進み、一時間足らずの演奏会が終わった。小太郎が立ち上がってお辞儀をすると、再び拍手が鳴り響いた。アンコールの催促らしいが、小太郎のロシア民謡のレパートリーはこれで全部である。いたし方なく「カチューシャ」をもう一回弾いたら、それでも満場割れんばかりの拍手が起こった。小太郎は何度もお辞儀をして舞台を下りた。

水島が待っていて、固い握手で迎えてくれた。

「脇森君、大成功だったね」

「自分で演奏していても、自分の才能に震えが来ました」

「ハハハ、言ってくれるじゃないか」

「いやあ、本当のところ、無事に終わってホッとしました」

そこへ少佐がやって来た。

「すばらしい演奏でした。カバレフ大将も満足しておりました。これはお約束の報酬です」

さし出された封筒の中身をあらためると、百円札が十枚、つまり千円入っていた。当時の千円は今の十万円以上の価値はある。時給千円とは破格の報酬である。

「ぜひ毎週日曜日、ソ連兵の部隊を巡回して慰問してください。お礼は毎回差し上げます」

「ありがとうございます」

小太郎も、自分の演奏がこれほど聴衆を感動させたこと自体うれしかったが、破格の報酬を感謝して受け取った。

「それにしてもソ連の兵隊は合唱が上手ですね。びっくりしました」

「ソ連にはレコードやラジオのある家庭はとても少ないのです。ソ連人は家庭でも学校でも村のお祭りでも、とにかく合唱するのです。小さいころから練習していれば、うまいの当たり前です。貧しさが合唱を上手にしたのです。歌にもあるでしょ。私、日本語訳知ってます。

イギリス人は利巧だから
水や火などを使う
ロシア人は歌をうたい
自らなぐさめる

日本では『仕事の歌』という曲名になってますね」

「おお、それもいい曲ですね。今度僕のレパートリーに加えたいです。楽譜をお持ちでないですか」

「わかりました。楽譜を探しておきましょう。それから、まだいいお知らせありますから、明日、ドクトル・オノデラといっしょにカバレフ大将のところに来てください」

帰り道で、水島がおずおずと話を切り出した。

「脇森君、君、報酬の千円、全額日本人会に寄付するつもりかい？」

「ああ、少し自分たちで使おうということですか？　僕と柴崎は突然水島さんのお宅に転がり込んで、三食屋根つきで暮らしてますからね。下宿代として、どうでしょう、一週間二百円受け取ってくれますか」

「そうしてくれるか！　助かるよ。うちには食べ盛りの子供が二人いるしねえ。もちろん、難民のみんなのことを思えば、贅沢は言えないのはわかっているが」

「大丈夫ですよ。これは僕が個人的に受け取った報酬ですからね。どれだけ寄付してどれだけ私用に使うか、自分で決めていいはずです」

小太郎は封筒から二百円を抜き取って水島に渡した。水島は拝むようにしてその金を受け取った。

目切り小手

翌日、小太郎と小野寺博士が、司令部のカバレフ大将のところに出向くと、アンナ少佐が「仕事の歌」の楽譜を渡してくれた。そしてカバレフ大将からの「いい知らせ」を伝えてくれた。それは、難民の宿舎として旧関東軍の官舎群を開放するということだった。小野寺博士はカバレフ大将の手を握りしめて感謝した。

「ありがとうございます。これで日本人難民はなんとか屋根のあるところで冬を過ごすことができます。スパシーバ《ありがとう》、スパシーバ」

事務所に戻る途中も、博士は興奮気味だった。

「関東軍め、民間人を置き去りにして逃げ出したのは許せんが、その官舎が使えるとなると、これは不幸中の幸いだ。難民たちを家族ごとに割り振れるかもしれないぞ。事務局も忙しくなるぞ。官舎の数と難民の数を考慮して、一戸当たり一家族にするか二家族で入居するか計算しなくてはならない。さっそくみんなで手分けしてその作業にあたってくれ」

関東軍が敵前逃亡して、自分ばかりいい目を見たという誤解は満州の民間人にずいぶん広まっているようだ。それに反論すると自分の脱走がばれるので小太郎は何も言わずにいたが、小野寺博士にだけは真相を知らせておいた方がいいと判断した。小太郎は小声で言った。

「関東軍は逃げたのではありませんよ。ソ連軍に拉致されてシベリアで奴隷のように使われているんです」

「えっ、でもポツダム宣言では、兵隊は武装解除したら帰国させることになっているじゃないか。兵隊たちを満載した列車は毎日新京を通過していく。あれは日本に帰る列車じゃないのか?」

「違いますよ。ソ連の言うことを鵜呑《うの》みになさってはいけません」

「でも、どうして君はソ連軍の言うことより自分の方が正しいと言えるんだ?」

「まあ、あとでわかりますよ。ほかの人には言わないでください。日本人会の会長だけの胸の内にとどめておいてください。ただ、ソ連は信用ならない国だということだけはわかっていてください。日ソ中立条約を踏みにじった国が、ポツダム宣言だけは守ってくれるとは思わないことです」

「うーむ、それも例の予知能力かい? まあ、ソ連軍の暴虐を見てきた身としては、警戒心を解かない方がいいということはよくわかるよ。じゃあ、僕ら民間人よりも関東軍兵士の方がひどい目に遭っているのか。戦時中は軍人ばかりふんぞり返っていて、それがいざ戦闘となると真っ先に逃げ出して、その上軍人優先で帰国しているとばかり思っていたけどねえ」

＊

それから小太郎たちは日本人会でそれぞれに働いた。カバレフ大将の腹痛をたちどころに治したことで、小野寺博士はソ連軍の間で名医の評判が高くなったようで、引っ張りだこになった。小太郎はカバン持ちとしてそれにつき従った。

小太郎は、博士の護衛が自分の仕事だと思い定めた。暴漢に襲われた場合、殴り合いではかなわないとしても、剣道は一応有段者だから、じいちゃんが日本刀の切れ味にも劣らないと言っていた円匙を持ち歩くことにした。

剣道の有段者と初心者の一番の違いは、相手の目を見たままで自分の打ちたい部位を打てるかどうかにあると言っていいだろう。自分の打とうとする部位を見たのでは、相手に気取《けど》られてしまう。「遠山《とおやま》の目付《めつけ》」と言って、遠くの山を見るときに山頂を見たままで山全体を視野におさめるように、相手の目を見たままで相手の全身を視野におさめるように修練を積み、打とうとする部位を見ず、相手の目を見たままで小手でも面でも思いのままに正確に当てられるようにならなくてはならない。

竹刀を中段に構えたとき、右小手はほぼ右目の下にある。小太郎は、太郎から教わった、右目に切りつけるように竹刀を振って小手を打つ、「目切り小手」が得意だった。

人間は目にものが飛んでくるときには反射的に払いのけようとする。それで本当に剣先が右目に飛んできたら、その竹刀を打ち払うことができるのだが、竹刀を顔の前に動かす動作は小手を浮かせることになり、小手にスキができることを意味する。目を切ると見せてスキを作らせて小手を打つのである。

小太郎は、中学校の宮城県剣道大会では個人戦でベスト8まで進んだ。その試合のことは今でもよく覚えている。準々決勝で小太郎を破った相手が優勝したから、あそこで自分が勝っていたら自分の方が優勝だったかも……と小太郎は何度も思い返したものだった。

「始め！」審判が声をかけると、小太郎はいつものように竹刀の剣先を軽く上下に揺らしながら間合いを詰めた。相手はけっこう上背《うわぜい》のあるやつだ。面が得意らしい。間合いを詰めたところで相手が面に飛び込んでくるようだったら、その出鼻をとらえて小手を打つつもりだった。だが相手は自分から仕掛けようとしない。むしろ小手を誘っているようだ。《「目切り小手」を知っているのか？　そういえばこいつ、俺の前の試合を見ていたな》もはや間合いは十分に詰まった。《わかっていたとしても決めてやる！》

小太郎は思い切り相手の右目に竹刀を切りつけた。これを相手が払おうとすれば「目切り小手」が決まる。だが、相手は大きく頭上に竹刀を振りかぶって一歩後退した。小太郎の竹刀は空を切った。相手は振りかぶった竹刀を思い切り小太郎の面に振り下ろした。小太郎は脳天に強烈な衝撃を受けた。

「面あり」審判が持っている相手方の旗が三本上がった。剣道の試合には主審一人と副審二人、計三人の審判がつく。審判は紅白の旗で判定を表し、二人以上の旗が上がれば「一本」となる。

相手の「小手抜き面」が決まったのだ。「目切り小手」で「小手抜き面」を返されたのは初めてだった。「小手抜き面」は小手を予測しているから出せる技である。「目切り小手」の場合は、いかにも面を打つような太刀筋で竹刀を振るから、小手を抜こうとする相手はいなかったのだ。

「二本目」審判の声がかかった。「目切り小手」が通じないということは、小太郎の必殺技が封じられたことを意味する。小太郎はあせった。だが、相手が「小手抜き面」を狙っているとわかっていれば対抗手段もある。小手を抜くために竹刀を大きく振りかぶるときには胴にスキができる。小太郎は、いかにもまた「目切り小手」を狙っているように間合いを詰めた。そして同じように「目切り小手」を放って、小手を抜かれた次の瞬間、右斜め前に体をさばいて胴を打った。相手の振り下ろした竹刀は小太郎の面をかすめて左にはずれた。

「胴あり」小太郎方の旗が三本上がった。小手胴の連続技で「面抜き胴」を決めたのだ。

「勝負」審判の声がかかると、今度はどうするか、小太郎は迷った。小太郎の迷いにつけ込むように、相手の方が間合いを詰めてきた。小太郎は少し後退しようとした。その引き鼻に相手は思い切り飛び込み面を放った。まだ間合いが遠いと思っていた小太郎は動くことができなかった。

「面あり、勝負あり」相手チームの剣道部員たちが飛び上がって歓声を上げているのが視界の片隅に入った。

こうして小太郎は準々決勝で敗退したのだった。

必殺「目切り小手」が得意技の小太郎だったが、竹刀と円匙では長さが違うから間合いの取り方が違う。小太郎は円匙の素振りを練習することにした。中庭の立木に大人の目の高さに小刀《こがたな》で目の印を刻みつけ、椅子の上に薪割《まきわ》りの台を置いて、その上に薪を置いてほぼ小手の高さになるように調節した。それで練習してみると、すぐに間合いの勘を取り戻すことができた。相手の小手に見立てた薪にまったく目をやることなく、正確に確実に命中させることができるようになった。しかも、円匙の刃が薪にめり込んで、すぐには抜けないぐらいである。力を込めて薪から円匙を引き抜くと、鋭利に研ぎ澄まされた刃がギラリと光った。「円匙の切れ味は日本刀に劣らぬ」というじいちゃんの言葉が思い出された。

どうも中学生のころ毎日剣道の練習に明け暮れていたころより早く振れている気がする。じいちゃんの言う通り、円匙は早く振れるものなのかとも思ったが、考えてみれば、体が中学生の小太郎ではなく、のちの剣道七段・脇森太郎の二十四歳当時の体だったせいなのだろう。太郎は勉強もけっこう得意で、小学校の先生が上の学校に行かせるよう親を説得してくれた。そのため太郎は、当時、漁師の家庭ではめったにないことに旧制中学校に進学した。そして中学校の宮城県剣道大会で個人戦優勝した。ベスト8止まりの小太郎より素振りのスピードが速くて当然なのだ。

それで小太郎は、小野寺博士のカバン持ちをするときに、組み立てた円匙を背嚢に入れてかついで行くことにした。だが、博士が、医者のカバン持ちがスコップなんか持ち歩くと、患者をすぐに埋葬しなくちゃいけないヤブ医者と誤解されそうだと言うので、結局円匙持ち歩きは沙汰やみとなった。

発疹チフス

やがて満州は厳しい冬を迎えた。

十一月の中ごろ、とうとう恐れていたことが起きた。柴崎がチフスに感染したのだ。シラミは、宿主が死亡するとすぐに次の獲物を求めて移動を開始する。死体処理に従事していた柴崎に、チフスの病原菌を持ったシラミが寄生するのは、いくら注意していても避けられなかったのだ。その日、柴崎は朝から少し頭が痛いと言っていたが、無理をして病人への食事配給に行った。家路に就くころには高熱を発して足取りもおぼつかないようになり、小太郎と水島が両わきから支えるようにして帰った。シラミのついた衣服を脱がせると、すでに体に特徴のある発疹が出ていた。

「柴崎さん、チフスになってしまったの?」

水島の息子の忠男が泣きそうな顔で心配する。年の近い柴崎と忠男は、この数ヶ月の間にすっかり親しくなっていたのだ。

「うん、でもチフスなんて、きちんと栄養さえ摂っていれば、たいがい治る病気だと小野寺博士も言っていた。忠男君がしっかり看病すればきっとよくなるよ」

小太郎は、かまどに火を熾《おこ》して大鍋で柴崎の服を煮沸した。水島はどこかで栄養のある食べ物を買ってくると言い残して出て行った。

そのとき、忠男が小太郎を呼びに来た。

「柴崎さんが話したいって」

小太郎が枕元に行くと、柴崎はかろうじて声をしぼり出した。

「僕の両親の住所わかりますね」

「ああ、この前手帳に書いてもらったからな。今も手帳はここに入ってるぞ」

と小太郎は左胸のポケットを右手で軽く叩いた。

「僕に万一のことがあったら、両親に、宏は畳の上で死ねたと知らせてください」

「つまらないことを言っちゃいけない。親より先に死ぬほど親不孝なことはないぞ。必ず生きて日本に帰って、ご両親に無事な顔を見せるんだ」

小太郎が柴崎の手を握ってそう言うと、柴崎はにっこり笑ってうなずいた。

「そうだ、肝油はどうした?」

「僕の分の肝油はもうありません。ひどい栄養失調の難民たちに少しずつあげて、とっくに使い切ってしまいました」

「馬鹿!　じゃあ俺の分をやる」

小太郎は自分の背嚢から肝油を取り出して柴崎に食べさせた。柴崎は、それから安心したように眠り込んだ。

しばらくすると、水島が知り合いの満人に頼み込んで卵を手に入れて戻ってきた。妻の和子が卵を入れた粥を作ってくれたが、もうそのときには柴崎は自分で体を起こして粥をすることもできなくなっていた。

「柴崎さん、柴崎さん、食べないと死んじゃうよ！　お父さんが夜中に駆け回ってやっと手に入れてきてくれた卵だよ！」

忠男は柴崎の体を揺すったが、柴崎は唸《うな》り声を上げるばかりで、自分で食べようとはしなかった。粥を匙ですくって時間をかけて冷ましてから口に運ぶと、無意識に口が反応して少し食べることができた。忠男は根気強く時間をかけて、なんとかひと椀の粥を柴崎に食べさせた。

その晩は、小太郎と忠男が交代で、額に当てる濡れ手拭いを交換するなど、夜通し看病を続けたが、病状は悪化し続けた。翌朝には、熱はいっそうひどくなり、体を揺すっても何の反応もなく、柴崎は昏々《こんこん》と眠り続けた。小太郎は小野寺博士を呼んできた。博士は、占領軍との関係をよくするためにソ連軍の上級将校への往診は積極的にやっているが、それ以外のたいがいの往診は病院の若い医者を行かせている。だが、自分のボディーガードをしてくれて、日本人会のために毎週多額の寄付をしてくれる小太郎の頼みということで、わざわざ自ら来てくれたのだ。博士はカバンから体温計を取り出して柴崎のわきの下にはさんでから、瞳孔反応を調べ、頸部リンパ節の腫れ具合を触診し、胸部の打診と聴診をした。それから体温計を見ると、四十一度三分の高熱だった。ひと晩排尿していないと聞いて、尿道にチューブを入れてみたが、尿は少量出ただけだった。

博士は首を振った。

「今夜が峠だね。今夜を越せればなんとかなるかもしれんが……」

「何か薬はないんですか？」

「うん、海外では、感染症の特効薬として、ペニシリンという薬があるという文献を読んだことはある。だが、内地でも手に入らないぐらいだから、満州ではどうしようもない。熱冷ましの注射はしておこう。あとは気休めみたいなもんだが、ブドウ糖の注射でもしておくか」

その注射のときも、柴崎は痛がるそぶりも見せなかった。

発疹チフスは、細菌感染症ではなく、第一次大戦中に発見されたリケッチアという、ウイルスと細菌の中間ぐらいの大きさの微生物による感染症である。現代なら、ペニシリンよりもテトラサイクリン系の抗生剤を用いるところだが、当時は特効薬のない時代だった。柴崎はその深夜に死亡した。

朝になって、柴崎の死体をリヤカーに載せて死体置き場に運んだ。死者が大量に発生するので、今では一人一人埋葬する手間を省いて、小学校の校庭に大きな穴を掘って死体を放り込むだけになってしまっていた。すでに何百という遺体が穴の中に積み重ねられていた。死体は腐ることもなくカチコチに凍っていた。子供も大人も女も男も丸太のように積み重ねられている。その遺体から衣類を盗む人もいるらしく、丸裸になっている遺体もいくつかあった。

「柴崎さんをここに置いて行くの？」

忠男が父の羊一をふり返って懇願するような目を向けた。

「きちんと火葬するとなればお金がかかるからな」

「お金なら、脇森さんからもらってるじゃないか。ちゃんと火葬して、いつか日本に帰れるようになったら、お骨をご両親のところに持って帰ってあげようよ」

寒さに向かって薪も石炭も高騰していた。だが、息子の懇願を聞き入れて、水島は柴崎の遺骸を火葬場に運んで骨にしてもらうことにした。死体処理業者が遺骸を棺桶に入れてふたをして釘を打とうとしたら、不意に忠男がふたを押しのけて柴崎の遺骸に取りすがった。

「柴崎さん、冗談で死んだふりしてるんだったら、今、目を開けないと燃やされちゃうよ」

だが、冷たくなった柴崎は目を閉じたまま何も答えなかった。ついに忠男は号泣した。和子が忠男の肩を抱くようにして引き離して、なんとかふたに釘を打って棺桶を窯に収めた。

骨が焼き上がるのを待つ間じゅう忠男はすすり泣いていた。骨を拾うときには水島も小太郎も泣いた。国境監視所の砲弾の雨をくぐり抜け、苦難の逃避行を続け、シベリア行きの列車からからくも脱走してここまでたどり着いたというのに、柴崎は帰国の夢をかなえることができずに死んでしまった。小太郎は、焼き上がった骨を納めたばかりでまだぬくもりが感じられる骨壺を抱きしめた。

「柴崎、必ずご両親のところに連れて帰ってやるからな」

そう言うと、我慢し続けていた涙が抑えようもなく頬を伝った。水島の妻の和子ももらい泣きしていた。そのもんぺの裾にすがって小学生の春子も泣いていた。

＊

柴崎が死んで数日後、小太郎もチフスに感染した。だが、症状は柴崎ほどひどくはなかった。夜に熱が出て、やや意識が混濁した。柴崎のときと同じように、忠男が献身的に看護してくれた。そのとき、小太郎の耳に、どこかはるか遠くから聞こえるようなメロディーが聞こえてきた。

チャチャンチャーン、チャチャンチャンチャーン
チャチャンチャーン、チャチャチャンチャーン
チャララーンラランラーン、チャラランラララランラン！

＊

大津波の翌日、脇森整形外科医院のベッドに横たわる小太郎も熱発していた。

基本的に入院診療をやめて何年にもなるが、ギプスで固定されて自分で車を運転できなくなると通院困難になる骨折患者など、今でもたまに入院させることもあるので、一応入院の設備は使える状態になっている。外来でも稀《まれ》に点滴はするから点滴のボトルもある。浩太は意識を回復しない小太郎の腕に点滴注射を行ない、尿道に導尿チューブを

留置した。尿量は小太郎の腎機能が良好であることを示している。点滴で水分摂取は十分できる。カロリー摂取には、経鼻チューブから流動食でも流し込めればいいのだが、整形外科医院には流動食の準備はなかった。意識がいつ戻るかわからないが、数日ぐらいなら点滴だけでももつだろう。心電図モニターが使えればいいのだが、停電で使えない。だから浩太は、夜中もときどき自分で脈をとり、手動で血圧を測らなくてはならなかった。

夜中に何度か余震があった。テレビは停電で使えないが、ラジオは、地震と津波の被害は福島・宮城・岩手の広い範囲で極めて甚大と伝えている。直ちに全域に災害救援部隊を派遣することはできないようだ。ラジオでは、港の重油タンクが火災を起こして気仙沼は壊滅状態と報じている。その炎は医院ビルの窓からも見えたが、ずいぶん遠い「対岸の火事」でしかない。放送局のヘリコプターからは、暗闇の中で広い範囲で炎が燃えているのが見えるから「壊滅」に見えるのだろうが、それは海面に広がった重油が燃えているだけで、真っ暗闇の市街地では被災者が息をひそめて寒さに耐えているのだ。気仙沼が「壊滅」したなどと誤報が広がれば、救助隊派遣の優先順位が下げられるのではないかと懸念された。こちらから外部に連絡する手段がないのがつらい。

浩太と幸子は、小太郎の容態を気にかけながら、まんじりともせずに朝を迎えた。

小太郎は、意識は回復しなかったが、呼吸と脈拍・血圧は安定していた。朝になって、これでひとまず大丈夫だろうと思って、朝一番に出勤してきた看護婦長にあとの病状観察を命じて、浩太は仮眠をとることにした。この病室は四人部屋で、ベッドも四つある。自宅はすっかり浸水したので自宅で眠るわけにはいかない。だが、小太郎のそばだと婦長が点滴の交換などの作業をするのでややうるさいため、隣の病室のベッドで仮眠をとることにした。幸子は小太郎の隣のベッドで眠り込んでいたのでそのままにした。職員は全員、医院より高い地域に住んでいたので、住宅も家族も無事だった。道路がガレキで通行できなかったので、多少始業時刻に遅れたが、徒歩で全員出勤してきた。職員は事務長が指揮して院内の清掃片づけ作業にあたった。

するとようやく眠ったところを婦長が起こしに来た。小さいころから小太郎を見知っている婦長は、いまだに小太郎をちゃんづけで呼ぶ。

「先生、小太郎ちゃん、熱が出ています」

「何っ、何度だ?」

「それが、三十八度近くあります」

浩太は着衣のまま仮眠していたが、すぐに白衣を羽織って小太郎の病室に向かった。

《明け方まではそんな気配はなかったのに……急に熱発したということになるな。そうか、あの海底のヘドロだな。あんな汚泥にはどんな雑菌があるかしれない。ヘドロが口に入ったんだから、予防的に抗生剤を投与しておくべきだった》

「すぐに点滴から抗生剤を入れてくれ。いや、抗生剤の方は私がやるから、婦長さんは清掃作業をしている職員に、全員マスクとゴム手袋を着用するよう指示してくれ。津波のヘドロには雑菌が含まれているから、感染に注意するように伝えてくれ」

浩太は、抗生剤を点滴につないで、小太郎のようすを観察した。熱はさらに上がり続け、三十九度を超した。呼吸が浅く、乱れている。肺炎かもしれない。浩太は戻ってきた婦長に酸素ボンベを持ってくるよう命じた。酸素吸入をつないだが、ボンベの残量は一日分もない。整形外科医院に肺炎患者が来るはずもない。酸素ボンベは持病のある外来患者が心臓発作を起こしたり、注射のあとで具合が悪くなったりといった万一の備えとしておいてあるだけで、そうした用途としては、救急車が到着するまでのつなぎの時間持てば十分なのだ。実際上、浩太の医院では酸素ボンベを使ったことは開業以来一度もなかった。

本来なら、小太郎はどこかきちんとした入院設備のある病院に入院させなくてはならない。しかし、一番近い市立病院まででも搬送する手段がない。車は使えないし、担架に乗せて寒空の中を道路を埋めるガレキを越えて歩いて行くのでは、かえって病状は悪化するだろう。だいたい、市立病院が今どうなっているかもわからない。昨日小太郎の携帯電話にかけた時はかろうじてつながったが、そのあとは電話もメールもまったくつながらなくなって、市立病院がどんな状況なのかも確認できないのだ。

「小太郎、がんばれよ」

熱で苦しそうな表情の小太郎に声をかけたが、意識はもどらない。だが、小太郎はそのとき何か言いたそうにした。そばにいた幸子が耳を口に近寄せると「シバザキ」と言ったように聞こえた。

「シバザキ？　シバザキって誰かの名前なの？」

だが、幸子が体を揺すっても、小太郎は唸《うな》り声を上げるばかりで、あとは意味のありそうなことはしゃべらなかった。

「柴崎？　そういえば昔、じいちゃんに和歌山の柴崎という人から年賀状が来ていたな。じいちゃんは『脇森食品』の社長だったし、毎年何百通という年賀状をもらっていた。そのお年玉くじの当選番号確認は小学生だった俺の役目でね、和歌山なんて遠くから来る年賀状はその一通だけだったから今でも覚えている。なんでも、じいちゃんが満州から引き揚げる前いっしょに苦労した人で、帰国前にチフスで死んでしまったんだそうだ。その遺骨を実家に届けに行ったらずいぶん感謝されて、それからずっとそのお父さんと年賀状を交換するようになったんだそうだ。だが、俺が中学生になるころにはそのお父さんも死んでしまって、年賀状も来なくなった。小太郎がそんなこと知っているはずもない」

「何かほかにやれることないかしら。そうだ、ロッキーのテーマ曲を聞かせたらどうかしら？」

ＣＤプレーヤーは停電で使えない。幸子は電池で使えるラジカセに昔の使い古したロッキーのテーマ曲のカセットを入れて流した。

「ちゃんと聞こえてるのかな？」

「お父さん、私が胎教だって言って妊娠中にこれを流したときも、胎児に聞こえやしないって言ってたわね」

「うん、ずいぶん昔の話だ」

「ほんとに。でもつい昨日のようにも思える。覚えてる？　小太郎が生まれるよりももっと前になるけど、この映画見に行ったときのこと」

「忘れるはずないだろ。初めてのデートだからな」

「映画を見終わって、映画のロッキーとエイドリアンみたいに手をつないで、お父さんが私を下宿まで送ってくれた。あのころのお父さんはやさしかったわね」

「何だよ。今はやさしくないみたいじゃないか」

幸子はそれには応えず、ロッキーのテーマ曲が鳴り響く病室で小太郎の手を握った。

「小太郎は胎児のときも、今もきっと聞いてくれているわ。小太郎は、苦しいときは、頭の中にこのメロディーが流れると、なにくそ負けるものか、って根性が湧いてくるって言ってたもの」

心なしか、浩太の目にも、なんとなく小太郎の苦しそうな表情がやわらいだように見えた。

＊

幸子が流したロッキーのテーマ曲は満州の小太郎の耳に確かに届いていた。はるか遠くから、津波で引き込まれた海の底で聞いているような、あるいは胎児が浸かっている羊水を通して聞こえてくるような、本来聞こえるはずのないような聞こえ方だったが、小太郎には確かに聞こえた。そして、深夜に熱の峠は越えたようだった。朝に小野寺博士が来てくれたが、小太郎は意識をとり戻していた。熱も三十九度少しだった。

「脇森君、しっかりしろ。きちんと栄養を摂って必ずよくなるんだ」

博士が元気づけてくれた。

それからしばらく三十九度台の熱が続いた。小太郎は意識を失うことなく、アスピリンを内服し、食欲はなかったが無理をして粥と肝油を食べた。

「すみません。下宿代払えなくなったのに、こんなにお世話になって」

「なあに、また演奏に出かけられるようになったら、倍にして返してもらうさ」

水島は冗談めかして言ったが、日本人会事務局の給料は滞りがちで、実際のところ、小太郎からの下宿料が入らないと家計は苦しかった。

そうしているところにアンナ少佐が訪ねてきた。

水島は日本人会の事務所に出勤していて留守だった。そこに、突然女性とはいえソ連軍の将校がやって来たので、妻の和子はひどくびっくりしたが、脇森の見舞いに来たのだと日本語で言われて、ようやく少佐を中に入れた。少佐は見舞いの品だと言って、ジャガイモと卵とリンゴを何個かずつくるんで、さらにひとまとめにした大きな紙包みをさし出した。いずれも終戦以来日本人にとって口にすることはもちろん、目にすることすらめったにない貴重品である。和子は何度もお辞儀をして受け取った。

「ムジカーント・ワキモリ、おかげんいかがですか」

畳に座るのに慣れていないアンナ少佐は、窮屈そうに小太郎の枕元に座った。

「まあ、なんとか死なずにすみそうな気がします」

「よかった」

アンナ少佐は心からほっとしたように言った。

「ここに来るまで、もしや意識もなくなっているかと本当に心配しました。そういう口がきけるならよくなるでしょう。演奏会、ソ連兵みんな楽しみにしています。ジャガイモはカロリー、リンゴはビタミン、卵はタンパク質、病気をよくするのに大切な栄養です。しっかり食べて元気になってください」

そこへ和子が白湯《さゆ》を入れた茶碗を持ってきた。

「すみません。本当に何もありませんで……」

「これはありがとございます。今度来るときは、紅茶を持って来ますね」

アンナ少佐は、この家の貧しいたたずまいを見て、白湯を飲みながら、和子に向かって言った。

「奥さん、ワキモリさん、演奏できなくなってお金困ってる、そうでしょう?」

和子は《脇森さんが演奏できないよりも、あなた方がこの町に居座っているせいで困っております》と言いたいところを抑えて答えた。

「いいえ、そんな……」

「ボチャロフ大佐という私の上官が子守りを探してます。占領長引いているので、大佐は最近家族を呼び寄せました。息子、まだ満一歳になったばかり。大佐は日本語通訳で私より上手。元はウラジオストクの極東大学日本語科の教授でした。私も大佐から日本語を教わりました。大佐の奥さんと私とは学生時代からの親友です。日中、料理と掃除と子守りしてくれれば、お給料払います。それに毎日食べ物少し持ち帰るオッケーね。どうですか?」

「ええ、でも……」

「だんなさん、帰って来てから相談してみてください。二、三日したら、またお見舞い持ってきますから、そのときお返事聞かせてください」

アンナ少佐が帰ると、さっそく和子はリンゴをすりおろして搾《しぼ》った果汁を小太郎に飲ませてくれた。タイムスリップ以来甘いものを食べていなかった小太郎は、リンゴがこんなに甘かったのかと知ってびっくりした。

「奥さん、ありがとうございます。僕はあといいですから、忠男君と春子ちゃんにもリンゴを食べさせてやってください」

家政婦は……

その晩、水島が帰って来ると、和子はボチャロフ大佐のところに子守りに行く話をした。

「大丈夫かなあ。露助《ロスケ》は露助だからなあ」

「それは心配なんだけど、最近はソ連軍も憲兵が兵隊の不祥事を取り締まるようになって、ずいぶん治安は落ち着いてきたわ。うちの方は、春子もずいぶん家事をこなせるようになったし、忠男が市場で売るようなものも残り少なくなってしまったし、学校がないからって勉強しないでいたら、いつか日本に帰ったときに困ることになるわ。忠男には留守番と自分と春子の勉強のことをしてもらって、日中私も働きに出ることにしたらどうかしら。私、子供好きだし、私だって家計の足しになることとしたいの」

「うーむ、とにかくその家に行って、家庭の雰囲気とか見てから、ママがやれそうだと思ったら、やってみるということにしようか」

その会話が小太郎にも聞こえたので、小太郎は水島を枕元に呼んだ。

「水島さん、すみません。僕が病気になったばかりに……」

「病気なら仕方ないさ。うちのことは気にせず、今は療養に専念することだよ」

翌日から小太郎ははっきり快方に向かった。さらにその翌日アンナ少佐が来たときには、寝床に起きて応対できた。

「オー、ずいぶんよくなったみたいですね」

「まだ熱はあるし、起きるとふらつくけど、おかげでずいぶんよくなりました」

「よかったですね。ああ、奥さん、紅茶淹《い》れてくれたんですか」

和子は玄関先で少佐から渡された紅茶とクッキーをさっそく出してくれた。甘いものに飢えていた小太郎はクッキーを宝物のように押しいただいて食べた。それから紅茶をすすると、ぐっと晴れ晴れした表情になって言った。

「おお、紅茶を飲むのも久しぶりだけど、なんだか呼吸が楽になった気がする」

「元々お茶は高価な万能薬として広まったらしいですからね。チフスにも効くんじゃないでしょか」

それから少佐は和子の方を向いて尋ねた。

「奥さん、先日の話、だんなさんと相談してみてくれましたか」

「はい、まず一度先様《さきさま》と面談の上、決めたいのですが……」

「オー、そうですか。では、さっそく行きましょう」

「えっ、今日これからですか？　私、何も準備も……」

「いいです、いいです。実は、今日面接するつもりで大佐は自宅で待っているのです。子守りするのにお化粧もよそ行きの着物も要りません。善は急げ、ですね」

それで、和子はとるものもとりあえず、子守りの面接に行くことにした。今から行くと帰りには暗くなるかもしれないと言って、忠男が付き添った。小太郎はすでにつきりの看病が必要な状態ではなくなっていたので、春子と二人で家に残った。

多少時間がかかるかと思ったが、和子と忠男は一時間もしないうちに戻ってきた。忠男は何やら紙袋をかかえて、二人ともにこにこして家に入ってきた。

「脇森さん、露助《ロスケ》にもいい人いるんだね。これからは露助じゃなくてソ連人って呼ぼうかな。ほら、こんなにソーセージくれたんだよ。脇森さんは、ソーセージはまだ無理かな？　でも、あと何日かすればソーセージだって食べられるね」

水島が帰宅すると、和子はもらってきたソーセージを食卓に出して、面接のようすを話した。

「今日、忠男といっしょにボチャロフ大佐の家に行ってきたの。大佐はあなたと同じぐらいの年頃で、毛むくじゃらの大男で見た目は怖いけど、日本語はペラペラ。なんでも大学では夏目漱石の研究とかしていて、いずれ大学に戻ったら漱石全集のロシア語訳に取り組みたいなんて言ってたわ。奥さんはナターリアと言って、私よりずっと若くて美人よ。大学で大佐の教え子だったそうで、大佐ほどではないけど日本語もできるの」

「そうか、ナターリアと言えば、トルストイの『戦争と平和』のヒロインと同じ名前だね。作中のナターリアも、すごい美人なんだけど、おしまいの方になると子供を何人も産んでブクブクに太ってしまう。ロシア人って、娘のころはかわいいけど、子供を何人か産むとすっかり『ロシアのおかみさん』になってしまうね。その奥さんもその傾向出てきてるかい？」

水島がまぜっかえすような合いの手を入れた。

「何くだらないこと言ってんのよ。赤ちゃんもすごくかわいくて、私、小さいころおもちゃ屋で見かけたセルロイドのお人形を思い出しちゃった。金髪で青い目のとてもかわいらしいお人形で、私とても欲しかったんだけど、高かったから、親に買ってほしいなんて言えなかった。セルゲイって赤ちゃんなんだけど、私が抱っこしてあやすとケラケラ笑ってねえ、神様が、小さいころの私が欲しくてたまらなかったあのお人形さんを人間の赤ちゃんにしてプレゼントしてくれたのかと思っちゃった」

「悪かったねえ、僕はかわいくなくって」

忠男が冗談めかしてむくれると、和子は、

「あっ、忠男はママがお腹を痛めて産んだ子だもの、よその子なんかよりずっとかわいいわよ」

と、あわててつけ加えた。

「ハハ、忠男はもうすね毛も生えてるしなあ、かわいいって感じじゃあないよなあ」

ソーセージに舌鼓《したつづみ》を打ちながら水島も上機嫌で、よくしゃべった。

「ええ、あの赤ちゃんが大人になると毛むくじゃらの赤鬼みたいな露助《ロスケ》になるなんて信じられないぐらいだけど、あそこなら大丈夫だと思うわ。奥さんがいるんだし。私は子守りと掃除と洗濯と炊事の手伝いを、午前の十時から午後の三時までやって、それで週に百円お給金をくださるっていうの。それに作ったお料理、少しうちに持って帰っていいって」

「週百円だって家計の足しになるのは確かだ。ずいぶん日が短くなってきたけど、三時に帰れるならなんとか暗くならないうちに帰って来れるかな」

「大佐の家はすぐ近くだし、暗くならないうちに帰って来れるわよ」

「うん、多少治安がよくなったといっても、夜に女が独り歩きをするのはまだまだ無理だ。遅くなりそうなときは途中で家事を切り上げてでも帰って来るようにな。そういう条件で向こうが承知してくれるなら、明日からでも勤めればいいじゃないか」

そこで和子は翌日から、ボチャロフ大佐の家の家政婦として出勤を始めた。当時、女性が働きに出ることは珍しかった。和子は女学校を出てから勤めに出た経験があったが、独身女性ならまだしも、結婚後も共働きをするような家庭は極めて稀《まれ》な時代だった。和子は、女の自分がお金を稼ぐということで、なにか家庭内での自分の地位が高まったように感じられて、充実感とともに誇らしさを感じつつ、かいがいしく働いた。大佐は、日中は勤務のため不在であり、和子は、片言の日本語を話す妻のナターリアとすぐに親しくなった。自分の家にいると、いつソ連軍兵士が押し入ってくるかしれないという不安から免れることはできなかったが、ソ連軍将校の自宅であるがゆえにその点絶対の安心感があり、ナターリアと二人で家事をするのは、女同士という気安さもあって、むしろ自宅にいるよりのびのびできる感じで楽しかった。毎日多少の惣菜《そうざい》を持ち帰って、食べ盛りの忠男が喜ぶ顔を見るのもうれしかった。

それから一週間ほどで、小太郎は床上げをすることになった。朝に小野寺博士の診察を受けて、翌週月曜からは勤務可能と太鼓判を押してもらった。

小太郎の床上げの翌日のことである。その日、新京の空は鉛色の雲に覆われ、朝から雪が降りしきっていた。クリスマスが近かったが、宗教が禁止されているソ連の支配下では、クリスマスの飾りつけをすることも許されなかった。和子はいつもと変わらぬ街並みを歩いて、普段通り出勤した。

「ドーブラエ・ウートラ（おはようございます）」

覚えたてのロシア語でナターリアに挨拶《あいさつ》すると、ナターリアも笑顔で挨拶を返した。

それからちょっとはしゃいだように和子の手をとって話し出した。

「オクサン、お願いあります。ワタシ、今日、ちょっと出かけたい」

「はあ、何かお買い物なら私がやってもいいですが……」

「今日、お昼にソ連将校のオクサンたちのため、映画やるのです。ワタシ、この戦争始まってから映画見たことない。平和になって初めて映画見る。とても楽しみ。だからお留守番お願いしたい」

「はあ、お約束の三時までに帰宅できるのでしたら……」

「ダイジョブ、ダイジョブね。映画は八十分、一時に始まるから二時二十分に終わる。ワタシ、二時半には戻ります。お願いです」

「そういうことでしたら、喜んで」

《映画かあ、そういえば映画なんてここしばらく見たことないなあ。むしろ戦争中の方が満映（満州映画協会）の映画見たりできたけど、終戦後は生きるだけで精いっぱいだったもの》映画を見るのは何年ぶりかと、娘のようにはしゃいでいるナターリアを、和子はちょっぴりうらやましく感じたが、こころよく留守番に応じることにした。

普段より早めに昼食を済ませると、ナターリアはいそいそと外出の準備を始めた。ソ連では将校夫人といえども化粧品の持ち合わせはないようで、口紅をつけたりはしないが、若いナターリアの肌は冬のロシアの大地を覆う雪のように白く肌理《きめ》細やかで、唇は秋に色づくリンゴよりも赤く、和子の見る限り、化粧の必要性は感じられなかった。それでもナターリアは鏡の前に座って、自慢の金髪を念入りに梳《と》かし、巻き毛がふんわりと流れるように見えるよう整えた。それから、よそ行きの毛皮外套《がいとう》を羽織り、後ろ姿を鏡に映してチェックしたあと、和子の方を向いて言った。

「どうかしら、服のシワとかおかしなところありますか」

「いいえ、おきれいでございますよ」

「じゃあ、セリョージャ（セルゲイの愛称）はよく眠ってるから起こさずに出かけます。あと、よろしくお願いします」

「はい、お留守の間に掃除を済ませて洗濯物にアイロンをかけておきます。行ってらっしゃいませ」

司令部の講堂で映画は上映されるということだった。将校宿舎から歩いて五分の距離だが、ナターリアは十二時四十分に家を出た。あとに残された和子は、誰も見ていないので、ナターリアの鏡に向かってみた。自宅に小さな鏡はあるが、鏡台は夫が戻って来る前に売り払っていた。だから大きな鏡で自分を見るのは数ヶ月ぶりである。あらためて自分を見てみると、終戦前とは別人のようにやつれて、白髪も増えたし、目じりの小じわも目立っている。すでに晴れ着は売り尽くして一枚も残っていなかった。ただ一着残してあった春子のための晴れ着も、この仕事が見つからなかったら正月の餅と取り替えなくてはならないところだった。つぎだらけのもんぺと筒袖の着物が、ナターリアの華やかな洋服と対比されて、敗戦国民の悲哀が胸の内に湧いてきた。

《おばあちゃんになったわねえ。無理もないか、私ももう数え四十歳、二十二歳で三歳年上の夫と結婚して、数年後には忠男を授かって、それから春子も生まれて、子育てに夢中で過ごしてきたけど、ようやく子供に手がかからなくなったと思ったら、敗戦で本当に大変な目に遭ってきた。この数ヶ月、ろくに食べていないし、苦労続きだった。日本人の死体の山ができているというのに、ここまで一家四人無事に過ごせただけでもよしとしなくちゃ……》

そのとき、不意に玄関のドアが開く音がした。ナターリアが忘れ物でも取りに戻って来たのだろうか。鏡の前でサボっているところを見られてはいけないと、和子はあわてて玄関に向かった。玄関に出てみると、ボチャロフ大佐が外套《がいとう》についた雪を払っていた。

「大佐、どうなさいました？　いつもお昼は司令部の食堂で召し上がるはず。何か急用ですか？　奥様はお留守ですが……」

大佐はものも言わずに和子にむしゃぶりついてきた。

「何を、何をなさるのですか！　私よりずっと若くてきれいなナターリアという奥さんがいるのに」

「日本のことわざにあるでしょう。『富士山だって毎日見てればただの山』どんなごちそうだって毎日では飽きが来るというものです。奥さん、私は一目見たときから奥さんを気に入ったのです」

「馬鹿なことを言わないでください！　すぐにナターリアが帰ってきますよ！」

「映画が終わるまでたっぷり時間はある。いいから、おとなしくしなさい」

「いやっ、いやっ、大きな声を出しますよ！」

「大声出したって誰も来ませんよ」

大佐の腕の中で和子はもがいたが、大男の大佐とでは力が違い過ぎた。苦もなく床に押し倒されて、片手で上半身を抑えつけられたまま、もう一方の手でもんぺの紐を引きちぎられた。

「いやあっ、誰かあ！」

金切り声を上げたが、この雪の中では人通りはめったにない。たとえ表を歩く人が聞きとがめたとしても、ソ連将校の家のドアを壊して入って暴行を食い止めてくれる人などいるはずがない。ソ連軍が新京を占領して以来、白昼に路上で強姦が行なわれても、それを止めようとした者は容赦なく射ち殺されることを、誰もがすでに身にしみて知っているのだ。

赤ん坊が物音に驚いて目を覚まして泣き出した。

「セリョージャが、セリョージャが泣いてます」

だが、息子の泣き声も、大佐の股間のムスコを止めることはできなかった。大佐はズボンを下ろして、すでに猛り立った一物を挿入にかかった。サイズが違い過ぎたが、かまわずめりめりと押し入ってきた。

「痛い、いたあいっ、やめてえ、助けてえ」

和子は涙を流して哀願したが、大佐はセリョージャと和子の泣き声の二重奏をよそに、一物を動かし続けた。行為はどのぐらい続いたろうか。全身を貫くような激痛の中で、和子にとってそれは永遠に続くように思われた。だが、獣のような叫び声を上げたあと急に大佐はおとなしくなった。和子の体内の一物は射精の拍動を感じさせて、その後萎《な》えてようやく体外に抜け出て行った。ぐったりした大佐の体重が自分にのしかかってきて和子は息をするのも苦しかった。ようやく大佐は息をはずませながら、体を起こした。

「奥さん、すみません。本当はもっとやさしくやりたかった」

和子は答えずに泣き続けた。どろりとした精液を、近くにあったタオルでぬぐってから、破れたズロースを引き上げた。それからちぎれたもんぺの紐を結び直して穿いた。

和子はようやく涙がおさまったが、セリョージャはまだ泣きじゃくっている。

和子はよろよろと立ち上がった。股を閉じると痛むので、股を開いて歩くような、おかしな恰好で子供部屋に行った。赤ん坊が落ちないように柵のついているベッドから、和子はセリョージャを抱き上げてあやした。和子の顔を見てセリョージャは笑顔を見せたが、今度は和子がまた泣き出した。《どうしたらいいだろう。どうしたらいいだろう》こんなときにどうしたらいいか、和子にはわからなかった。

大佐がその背後に近づいた。和子はその気配を感じて、赤ん坊を楯にするようにして振り向いた。

「奥さん、黙っていれば誰にもわかりませんよ。今日はこれで帰っていいです。ナターシャ（ナターリアの愛称）には、私の仕事が早く済んだので子守りを交代したと言い訳しておきます。さあ、このお金で何か子供さんに買って帰るといいです」

大佐は百円札を和子に握らせようとした。和子はその札を平手で叩き落として大佐をきっとにらみつけた。大佐は腰をかがめて自分で札を拾い上げて、笑顔をこしらえて和子の着物の襟から百円札を無理に押し込んだ。
「そんな怖い顔しないで。この次はもっと楽しくやりましょう」
《この次！　まだこの次もあるの！》
和子は目を大きく見開いたが、大佐はなだめるように和子の背中をなでた。和子は総毛立つような不快感で全身が震えた。
それからどうやって大佐の家を出たのか、よく覚えていない。どこをどう歩いたのかもわからないが、いつの間にか和子は自宅の前にいた。すでに雪はやんでいた。自宅の前には、以前小太郎が「目切り小手」の練習をした立木が立っていて、そばに薪割りの台があった。小太郎が立木に小刀で目の印をつけた箇所《かしょ》が目に入った。誰がこんな刻み目をつけたのかわからなかったが、和子には今度の忌まわしい出来事を見ていた人目の暗示のように感じられた。
《大佐は黙っていればわからないと言ったけど、「天知る、地知る、己れ知る」だわ。羊一さん、私はあなたに顔向けできません。忠男にも顔を合わせることなどできません》
不意に和子は、このまま生きているわけにはいかないという思いにとらわれた。そうだ、あの忌まわしい行為が続くうちに痛みはいつしか快感に変わったのだ。和子はそんな自分の体の反応が自分で許せなかった。

《ああ、あのとき舌を噛んで死んでしまえばよかった。せめて台所の包丁で喉《のど》を突いて死ねばよかった。そうすればナターリアは事の仔細《しさい》をわかってくれたはずだわ。どうしてお金なんか受け取ってしまったんだろう。馬鹿、馬鹿、私の馬鹿！》

和子は、手近にあった薪を束ねている細引きを解いて立木の枝にかけて垂らし、薪割りの台に載ると、自分の首に細引きを回してぶら下がった。

＊

「いったい何時でしょうねえ」

忠男が小太郎をふり返って言った。忠男は、すでに机は売り払ってしまったので、ちゃぶ台の上に学校の教科書を開いて勉強していたのだが、窓外が薄暗くなってきたのに気づいて小太郎に声をかけた。小太郎は、起きると少しふらふらしたが、すっかり熱も下がり、食欲もかなり回復した。まだしっかりした足取りで歩くことができないので、カバン持ちの仕事はできないが、柱に背をもたれかけて足を投げ出して、暇つぶしに中国語会話の入門書を眺めていたところだった。小太郎は、新京に来て水島の家に厄介《やっかい》になるようになってから、暇を見て、水島から中国語を教わっていたのだ。

「さあねえ、日本人の家からは時計という時計は持ち去られたからねえ。腕時計は露助《ロスケ》に強奪され、柱時計は市場で売ってしまった。時間はさっぱりわからなくなったねえ」

「でも、そろそろ薄暗くなってきた。ママを迎えに行こうかな？」

「うん、そろそろ心配した方がいいかもしれないな」

忠男は身支度をして玄関から外に出た。そのあと動かなくなった。

「おい、忠男君、ドアを閉めて行ってくれよ」

寒風が吹き込んでくるので、小太郎が声をかけたが返事がない。玄関先まで行って、小太郎も異変に気づいた。

「いかんっ、すぐに降ろすんだ！」

忠男を押しのけて、細引きで首をくくっている和子に飛びついた。忠男も気を取り直して、二人がかりで降ろしたが、すでに和子は事切れていた。

小太郎は、後ろに春子の気配を感じて振り返った。春子は玄関先で真っ青になって固まっている。

「だめだ、春子ちゃんは見ちゃいけない。中に入ってなさい」

和子の死骸《しがい》を覆い隠すようにして、春子に引っ込むよう命じた。細引きを首からはずし、飛び出した舌をなんとか口の中におさめ、苦労してまぶたを閉じさせた。二人がかりで死骸を屋内に入れ、うっ血した死に顔が見えないよう布で隠した。小太郎はこれだけの作業でへとへとになってその場にへたり込んだ。

「ママ、ママ、どうしてこんなことに……」

忠男が死骸に向かって泣き続けている。

「お兄ちゃん、ママ死んじゃったの？」

春子も泣きだした。

そこに水島が帰宅した。入って来るなり白布を顔にかけた和子の死体が目に入った。

「何だ！　いったいどうしたんだ？　何があったんだ？」

「露助だ！　あいつめ！」

母親が家族に何も告げずに自殺したとすれば、誰かに暴行されたとした考えられない。在満邦人にとって、ソ連軍人とは強姦魔の代名詞である。強姦犯はソ連軍人に決まっている。常日頃ソ連軍人と遭遇しないよう臆病なまでに用心している母親が接触する可能性があるソ連軍人はボチャロフ大佐しかいない。忠男は短絡的に犯人はボチャロフ大佐だと決めつけた。突然、忠男は立ち上がって外に飛び出した。玄関に置いてあった薪割り用の斧《おの》をつかんで走っていく。

「いかん、水島さん！　忠男君を止めないとたいへんなことになる！」

水島は事態がよく呑み込めないまま、忠男を追いかけて止めようとした。だが、中学生の忠男の方が足が速い。どんどん引き離されてしまった。小太郎も追いかけたのだが、ようやく床上げしたばかりの体では追いつくことはできなかった。

「ボチャロフ大佐の家はわかりますか？　忠男君はお母さんがボチャロフ大佐に暴行されたせいで自殺したと思って、仕返しに行く気です」

「将校宿舎ということはわかるが、将校宿舎のどこに住んでいるかまではわからない。でも、忠男は一度和子といっしょに行っているからわかるはずだ」

「まずい、それはたいへんだ」

将校宿舎が立ち並んでいる地区までは歩いても十分程度である。二人が息を切らしながら宿舎が見えるところまで来ると、忠男が大声で叫んでいるのが聞こえた。

「開けろ、露助《ロスケ》め！　開けないとドアを叩き壊すぞ！」

「忠男君、やめろ！　君一人ではどうしようもない」

小太郎は、声のする方に向かって精いっぱい急ぎながら叫んだが、声にも力が入らない。

「忠男、忠男！　まず落ち着け！」

水島も必死で叫んだ。

そのとき、一発の銃声が響いた。二人がようやく大佐の家に着いたときには、眉間《みけん》に銃弾をくらった忠男が玄関先にあおむけに倒れていた。騒ぎを聞きつけて近所のソ連軍の将校たちも外に出てきて、人だかりができていた。

銃口から硝煙が出ている拳銃を右手で握った大佐は、まわりの将校たちにロシア語で何やら説明している。大佐の背後にはナターリアが顔面蒼白《そうはく》になって立っていた。奥の部屋から赤ん坊の泣き声が聞こえる。

「忠男、忠男！」

水島は忠男の死骸に取りすがって号泣した。忠男の額の弾丸の射入口は小さくて、死に顔を正面から見ると、うっ血して断末魔の苦悶の表情が固まっていた和子の死に顔とは違って、安らかに眠っているだけのように見えた。水島が死体を抱き上げると、頭はがっくりと後ろに倒れ、後頭部の射出口から血と脳漿《のうしょう》が流れ出た。

「タダオのパパさんですか？」

ナターリアが外に向かって声をかけた。だが、大佐がロシア語で怒鳴りつけてナターリアを奥に引っ込ませて、ドアをぴしゃりと閉めた。中で何やらロシア語のやり取りがあったが、その後、ドアが開かれることはなかった。ソ連の将校たちは死体に取りすがって泣く水島を遠巻きに見ていたが、そのうち各自の家に引っ込んでしまった。ソ連軍の兵士がほんの些細なことで占領地の住民を射殺する事件は、さして珍しくもないことなのだった。

「水島さん、帰りましょう」

小太郎が声をかけた。

「そうだね、病み上がりの君の体を冷えさせてはいけない」

水島は涙をぬぐって立ち上がった。死体を二人でかつごうとしたが、小太郎は腰がふらついてしまった。

「昨日床上げしたばかりなんだから無理もない。忠男は私が負ぶっていくよ」

小太郎が手を貸して水島の背中に死体を背負わせた。小太郎は斧を肩にかつぎ、水島は息子の死体を背負って、重い足取りで二人は家に向かった。水島が独り言のように言った。

「小さいころ、忠男はおんぶが好きでねえ。どこか近所に出歩くときにはいつもオンブ、オンブとねだったもんだ。あのころは私も若かった。忠男をおんぶしてどこまでも歩いたものだ。忠男をおんぶしてやらなくなって何年になるだろう？　最後の最後にもう一回おんぶできてよかった。でも、忠男、ずいぶん重たくなったなあ。パパは、パパは倒れそうだよ」

よろよろと歩きながら水島はすすり泣いた。小太郎ももらい泣きした。

大なる危害には復讐できない

母親の死体とともに一人家に取り残された春子は、心細くなって、間もなく泣き出した。隣の都築の奥さんが春子の泣き声を聞きつけて、慰めに来てくれたが、春子はなかなか泣きやまなかった。ようやく父親が帰宅したと思ったら、兄の死体を背負って家に入ってきたのを見て、春子は泣きやむには泣きやんだが、口もきけないほどびっくりした。父親も脇森のお兄さんも疲れ切ったようすで、なんとか和子の死体の隣に忠男の死体を横たえると、畳に座り込んで壁に背をもたせかけてはあはあ息を切らしている。都築の奥さんが事情を尋ねたものの、水島が今はそっとしておいてくれというので、気の毒そうにしながら自分の家に戻って行った。

春子は茶碗に水を汲んで二人に一杯ずつ持ってきた。小太郎も水島もごくごく喉《のど》を鳴らして水を飲み、春子はもう一杯ずつ水を持ってきた。それから沈黙が流れた。何か言うとすれば、和子と忠男の死に触れることになる。それを口にするのは、突然家族二人が死んでしまったことを現実だと認めることになりそうで、誰も口をきけなかった。

その沈黙を破ってドアを叩く音がした。

「ごめんください」

アンナ少佐の声だ。水島も小太郎も呆《ほう》けたようにへたり込んだまま動こうとしなかった。春子がドアを開けに立った。沈痛な面持ちの少佐が小柄な体をいっそう小さくして玄関に入ってきた。

「すみません。事件のことを聞いて、お詫《わ》びにうかがいました」

水島は少佐の方を見ようともしなかった。小太郎は一応居ずまいを正してお辞儀だけした。

「近親者が死んだときは、日本ではお通夜をすると聞きました。これ、お通夜の差し入れです。満州には肉まんがありますが、ソ連にも小麦粉の中に野菜や挽き肉を詰めて揚げる料理があって、ピロシキ言います」

少佐は紙袋をさし出した。プーンとおいしそうなにおいが部屋に広がった。春子が食べたそうな顔をした。

「春子、脇森君、ごちそうになりなさい。私はぜんぜん食欲がわかない」

水島は、ようやく動けるようになったというようすで、大儀そうに足を動かしてあぐらをかいた。

「水島さん、本当に何と言っていいか、言葉もありません。私が子守りの仕事を持ってきたばかりにこんなことになって、お詫びの申し上げようもありません」

少佐は水島に向かって深々と頭を下げた。

「いや、少佐のせいではないですよ。少佐にはいろいろと気を遣っていただいて感謝しています」

「事件については、カバレフ大将の耳にも入れた方がいいと思います。でも、部下の私から上官を告発するようなことはできません。ドクトル・オノデラを通じて話をしてはどうでしょうか」

「いや、ボチャロフ大佐が処分されたところで、妻や息子が生き返るわけではありません。敗戦以来こんな事件は日常茶飯事です。それが自分の身にも降りかかって来ただけです。というか、私はもう何もかもどうでもいい気分です」

「いいえ、それでは私の気が済みません。私自身、ナターシャを裏切った大佐を許せません。ぜひお願いします」

アンナ少佐は慣れない日本式のお辞儀をした。

「では少佐、夜分にすみませんが、小野寺博士に事情を話して呼んできてくれませんか。僕はまだ体力が回復していなくて、外を駆け回ることができません」

小太郎が声をかけると、少佐は承知して出かけて行った。

間もなく少佐は小野寺博士を連れて戻ってきた。博士は、人払いをして検死をすることにした。水島の家は、床の間つきの八畳間と六畳の子供たちの勉強部屋と、板の間の台所兼食堂の三部屋で構成されていた。八畳間に遺体を並べてあったので、アンナ少佐が博士の助手をして、水島と春子と小太郎の三人が六畳間で検死の済むのを待っていることになった。三人はやはり何も話すこともなく手持ち無沙汰《てもぶさた》に時間を過した。

博士はてきぱきと検死をした。忠男の検死は銃弾の射入口と射出口を確認し、物差しでその直径を測って記録しただけで終わった。次に、和子の首の縄の痕を見たときに、博士は襟元に百円札があるのに気づいた。そのことを少佐に指摘して、ハンカチを使って百円札を取り出してていねいにくるんでカバンにしまった。次にカバンから印肉を取り出して和子の両手の指につけて紙に押させて指紋を採取した。それから和子のもんぺを下ろして、少佐に足を支えさせて、局所から精液を採取してシャーレに移した。検死がすべて終わると、衣類をきちんと直して、それぞれの死体の両手を胸の上に組み合わせるようにし、白布を顔に掛けてから隣の水島たちに声をかけた。

水島がまったく魂が抜けてしまったように呆然としているのに対し、春子は、博士に手洗いの洗面器を持ってきたり、ストーブの上のやかんのお湯でとっておきの紅茶を淹《い》れたり、気丈に立ち働いた。春子が紅茶を淹れに台所に立った機会に、博士は大人たちに検死の結果を伝えた。

「奥さんは間違いなく強姦されております。それを苦にして自殺なさったのでしょう。忠男君がボチャロフ大佐に射殺されたのは大勢の人が見ていたことで、間違いないですが、忠男君が斧を持っていたとなると、大佐は正当防衛ということになるでしょう。問題は、強姦犯が大佐かどうか、というところです。状況証拠からは間違いないところですが、ソ連軍の憲兵が真面目に捜査してくれるとは思えません」

「憲兵が活動するようになっても、現行犯以外は取り締まられないのが普通ですからね」

小太郎が口をはさむと、アンナ少佐が申し訳なさそうに言った。

「すみません。本当に恥ずかしいことだと思いますが、きちんとした処罰は行なわれないでしょう。でも、今回の事件をカバレフ大将の耳に入れておくことは無意味ではありません。きっと大佐は左遷《させん》されます。ソ連では、こういう場合、最高の処罰は左遷なのです。大学に戻る道を閉ざされ、シベリアの辺地で役人勤めをして一生を送るだけでも、大佐にとっては耐えられない重罰でしょう」

「わかりました。明日この件は私から大将に申し出ることにします。では、今夜はもう遅いし、私はこれからまだやることもありますのでこれで失礼します」

博士は、春子が運んできた紅茶を押しいただくようにして飲んだあと、水島宅を辞去した。アンナ少佐も博士を送って行くと言ってついて行った。

すっかり疲れ切った小太郎と春子は六畳間で寝《やす》むことにしたが、水島は死んだ二人だけ八畳間に寝かせるのはかわいそうだと言い張って、死体のそばに布団を敷いて寝ることにした。間もなく小太郎と春子は眠ってしまったが、水島は一睡もできなかった。

水島は内地の大学を卒業してすぐ旅順の関東庁に勤めた。「大陸雄飛」という言葉が青年たちの憧れを誘う時代だった。そこで事務員をしていた和子と知り合い、当時は珍しかった職場恋愛の末に結婚した。昭和五年に忠男が生まれ、満州事変はその翌年だった。満州国が建国され、満州中央銀行が設立されたとき、関東庁時代の上司が中銀の幹部として転出することになり、水島はその上司に引き抜かれて中銀に勤めるようになった。春子が生まれたのは昭和八年のことだった。新京は高層建築が次々と建設されている最中で、水島の子供たちはその建設の槌音《つちおと》を子守唄として大きくなったのだ。あのころは楽しかった。活気のある町で思う存分働いた。子供たちも妻も元気で、世界のどこかに不幸な人がいるとしても、それは自分たちとは縁のない他人事だと思っていた。戦争が始まって内地では配給が制限され、やがて各地が空襲にさらされるようになっても、満州は物資も豊富で空襲もなく、平穏だった。それが突然、妻と息子を同じ日に失ってしまうなんて……これは本当のことなんだろうか。

何度も寝返りを打っては眠ろうとしたが、眠れなかった。真夜中に起き出して電灯をつけた。二人の死体の顔に掛かっている白布をとった。妻の顔にはうっ血斑が浮き出して生前の面影はなかったが、忠男は本当に眠っているだけのように見えた。

「忠男、起きてくれよ。忠男、パパだよ」

忠男の頬をなでたら、氷のように冷たかった。やはり死んでいるのだ。

「忠男、この間、すね毛の生えた息子はかわいくないなんて言ったけど、あれは本当じゃなかったんだ。本当はパパはお前がかわいくて仕方ないんだ。でも、息子をあんまり甘やかすのはよくないと思ってあんなことを言ってしまった。お前が大人になって、いずれお前にも息子ができたら息子がどれほどかわいいか、お前と本当の話ができると思っていた。どうしてそれまで生きていてくれなかったんだ。忠男、忠男……」

水島は忠男の顔の上にポタポタと涙をこぼした。

それから電灯を消して寝床にもぐり込んで眠ろうとしたが、どうしても眠れなかった。

《何のために俺はあの国境監視所の砲撃をかいくぐって戻って来たんだろう？　あそこで死んでしまっていれば、こんな思いもせずにすんだのに》

水島にとって、世界は終わってしまった気がしたが、それでも朝はやって来た。夜は何事もなく静謐《せいひつ》に明けそめた。一睡もできなかった水島の耳にどこかで一番鶏が鳴く声が聞こえた。妻と息子が死んだというのに、外界はまるでそんなことがなかったように、昨日と同じ営みを続けている。

《こんなことが……こんなことがあっていいものだろうか？　妻と息子が死んだというのに、世界はまったく穏やかだなんて……》

布団の中で、手と足が耐え難く冷え切っていた。やがて、春子が朝食を準備して、水島に声をかけた。水島はまったく食欲がなかったが、大儀そうに身支度をして食卓に着いた。それでも、かろうじてほんの数口口をつけただけだった。

「水島さん、せっかく春子ちゃんが作ってくれたんだ。食べなきゃいけない。子供の春子ちゃんがしっかりしているのに、あなたがしっかりしないでどうするんだ」

小太郎が声をかけたが、水島はうつろな目をして何も返事をしなかった。

小野寺博士は月曜から出勤すればいいと言ってくれたが、今日はカバレフ大将に直談判する日だ。今日は金曜で、まだ歩くと少しふらつくが、水島がこんな状態では自分が立ち会わなくてはならない。小太郎は朝食をしっかり腹に詰め込んだ。それから博士のところに寄って、水島は何をする気力も起きないようすであることを伝え、二人でカバレフ大将のところに出かけることにした。

小野寺博士は、患者に対するときには患者を安心させるような穏やかな語り口だが、今日は表情も厳しく、カバレフ大将を向こうに回して一歩も引かない態度でやり合った。通訳のアンナ少佐の介在をはぶくと、会話は次のようなものだった。

「事件について、だいたいの報告は受けています。だが、ソ連は労働者の国です。人民の軍隊が人民に暴行を働くことはありえない。あなた方が、ボチャロフ大佐に疑いを抱くとすれば、それはソ連軍に対する重大な侮辱です」

「そうですか。ソ連軍が人民の軍隊の名に値するかどうか、私がソ連軍進駐以来経験してきたことは、その反対のことばかりでしたが、ソ連軍をどういう軍隊と呼ぼうと呼び方のことはどうでもよろしい。ボチャロフ大佐の家で家政婦をしていた水島和子という日本女性が凌辱を受けたのは紛れもない事実です」

「ドクトルがそうおっしゃるならば、それは事実なのでしょう。だが、暴行の犯人が大佐だという証拠はないでしょう」

「大佐の家から水島宅までは歩いて十分ほどです。大佐の家を出てから、自宅に帰る途中で、吹雪の中で別の人物に襲われたというのですか？」

「可能性としてはあり得るでしょう。路上で襲われたのではなく屋内に連れ込まれたのかもしれない」

「被害者の膣から採取した精液の血液型はAB型でした。AB型の割合は日本人では一割に満たない。ソ連でもそのぐらいの稀《まれ》な型のはずです。大佐の血液型は何ですかな？」

「AB型は確かに比較的少ない血液型ですが、中国人にだって一割弱はいるはずです。ソ連軍人に疑いをかける理由にはならない」

「さらに言えば、その精液はRhマイナス型です。日本人ではRhマイナスの血液型は百人に一人もない。AB型のRhマイナスとなるとさらにその十分の一ぐらいの割合になる」

「たとえ千人に一人の割合だとしても、新京の人口は百万近い」

「そうですか。ソ連でも輸血は行なわれているはずですね。軍人の血液型はあらかじめ検査して記録されているはずです。大佐の血液型が違うなら、はっきり違うとおっしゃっているはずですから、たぶん閣下が今手許《てもと》に持っていて目を落とした、大佐の身上調書にはAB型のRhマイナスと記録されているのでしょうな。では、被害者は何事もなく大佐の家を出て、わずか十分歩く間に、極めて稀な大佐と同じ血液型の別人に襲われたわけですな」

「本官が言っているのは、血液型は決定的な証拠ではないということです」

「では、これをご覧ください」

博士はテーブルに百円札を包んだハンカチを置いた。慎重にハンカチを開き、指紋がつかないように鉛筆の軸で紙幣を広げた。

「これは被害者のふところにあった満州中央銀行券の百円札です。ソ連軍が新京に進駐した当日、満州中央銀行にソ連軍兵士が来て、現金を戦利品として持ち去りましたね。その通し番号は職員がきちんと控えておりました。この札の番号はソ連軍が持ち去った新札のものです。百円札は市中に出回ることはほとんどない。ソ連軍関係者が被害者に与えたと見るべきでしょう」

「あの現金の一部はすでにソ連軍兵士に給与として支払っている。数は少なくとも市中にも出回っているはずだ。こちらのムジカーント・ワキモリに渡した報酬の百円札も、その通し番号の百円札だったはずです。大佐が家政婦に年末ボーナスとして与えたのかもしれない」

「そうですか。すると、大佐の家を無事に出た被害者は、帰る途中で誰かに襲われて、その犯人は被害者の貞操《ていそう》は奪っても百円札は奪わなかったわけですな」

大将の額には脂汗《あぶらあせ》がにじみ、もう反論はしなかったが、大佐が犯人だとは絶対に認めようとしなかった。

「市中に出回ってしわくちゃになった札からは指紋がとれないことが多いが、これは未使用の新札だったので指紋がとれました。その指紋は被害者のものではありませんでした。これを年末賞与として受け取ったのであれば、被害者は自分の手で触っていたはずです。触れるのもけがらわしいような金を犯人が無理に被害者のふところにねじ込んだと見るべきでしょう。ところで、閣下は、血液型はたとえ何万人に一人でも同じ血液型の人がいるとしても、同じ指紋の持ち主は世界に二人といないということはお認めになるでしょうな。どうでしょう、大佐の指紋とこの札の指紋と一致するかしないか調べていただけないでしょうか」

「本官は調査の必要を認めない」

大将は額に青筋を浮かべて歯ぎしりせんばかりにして言った。この大将の言葉を通訳したところでアンナ少佐が小太郎に目配せした。

「博士、これ以上押し問答しても無駄でしょう。引き下がりましょう」

小太郎が博士に小声で言うと、博士もうなずいた。

「お話を聞いていただけただけでも、例外的なご好意と感謝すべきなのでしょうな。私たちは敗戦国民です。引き下がるしかないことはわかっております。しかし、中国の国家主席、蒋介石は、戦勝の当日こう演説しました。『もし暴をもって、かつて敵が行なった暴に報い、奴隷的辱めをもってこれまでの彼らの誤った優越感に報いるなら、報復は報復を呼び、永遠に終わることはない』私たち日本人は確かに中国に対してはひどいことをしたかもしれません。だが、貴国に対しては何の暴虐も行なっていない。暴を行なってもいない日本人に戦勝国の優越感をもって臨み奴隷的屈辱を加えるなら、報復は報復を呼び永遠に終わることはないという蒋介石主席の言葉が正しかったことを歴史は証明することになるでしょう」

「すみません。あまり難しいことは通訳できません」

アンナ少佐がすまなそうに言った。

「わかりました。これで帰ります。閣下にお話を聞いてもらって感謝しているとだけ通訳してください」

博士は再び百円札をハンカチでていねいにくるんでカバンにおさめ、小太郎を伴って外に出た。二人は無言でとぼとぼと歩いた。博士がぽつんと言った。

「戦争に負けるってことはこういうことなんだね」

「はい」

再び沈黙が続いた。その日も、新京の空は鉛色の雪雲に覆われていた。しょんぼりうなだれて歩く二人の背中に小雪が降りかかった。

「君、中村大尉殺害事件って知ってるかい。満州事変の年のことだから、君はまだ子供だったろう」

「知ってます。《本当は生まれてなかったけど、歴史で勉強したから知ってます》日本の軍人が張学良《ちょうがくりょう》軍の軍人に惨殺された事件でしょう？」

「まあ、有名な事件だったからね。あれで日本全体の世論が張学良軍閥許すまじと激昂《げっこう》した。満州事変ってのは、たった一人の中村大尉が殺されたことに対する復讐として始まったようなものだ。だが、今ソ連軍によってこれほどの暴虐が加えられて日本人の死体の山が築かれているというのに、祖国日本は何もしてくれない。今、こんなに大勢の日本人がひどい目に遭っても泣き寝入りするぐらいなら、あのときたった一人が殺されたからって、いったい何だってあんなに激昂したんだろうね？　僕はマキャベリの本も読んだことがあるが、マキャベリは『人間はわずかの危害に対しては復讐するが、大なる危害に対しては復讐できない』と言っている。実に名言だと思わないかい？」

「はあ、『人間はわずかの危害に対しては復讐するが、大なる危害に対しては復讐できない』……本当にそうですね」

また会話が途切れた。次の角を曲がると日本人会事務所が見えるというところまで来たとき、不意に博士は立ち止まって嗚咽《おえつ》を漏らした。博士は、道路わきのビルの壁に片手を当てて寄りかかって、人目をはばかるようにして泣いた。小太郎は博士に寄り添って背中をさすった。

「すまない。無様《ぶざま》なところを見せてしまったね。僕はソ連兵の暴虐はいやというほど見てきた。だが、犯人を特定することはできなかった。今回は、自分の能力の及ぶ限り、全身全霊を傾けて、絶対に言い逃れのできない証拠をつかむことができた。カバレフ大将との間も、占領軍軍人と被占領国国民の関係を離れて、人間対人間としての関係が多少は築けたような気がしていた。今度こそは犯人にきちんとした処罰ができるんじゃないかと意気込んで来たんだ。それが結局はこのざまだ。脇森君、悔しい、悔しいよ。これまで六十年余り生きてきてこんな悔しい思いをしたことはないよ」

博士は寄りかかっている壁を何度か力なく拳で叩いた。

「僕は生きて帰国できるかどうかわからないけど、君は必ず帰国して、精いっぱい長生きして、内地の人たちにいつまでもこの悔しさを伝えてくれ」

「大丈夫です。博士も必ず来年のうちに帰国できます」

「ハハ、また例の予知能力かい？　いつも君には元気づけられてばかりだね」

逮捕

これ以上どうにもならないので、死体を証拠として保存する意味もないということで、その日の夕方二人を火葬にした。これで水島宅の床の間には柴崎の分と合わせて骨壺が三つ並んだ。和子の遺体の襟元にあった百円は火葬代と正月の準備で消えた。水島の消沈ぶりは、はた目にもひどくて、博士は、しばらく水島を一人にしてはいけないと小太郎に言い含めて、二人とも正月の休日明けまで休むよう命じた。

喪中のわびしい正月を過ごして、昭和二十一年一月四日から、小太郎と水島は出勤した。小野寺博士が年頭の挨拶《あいさつ》をした。

「明けましておめでとうと申し上げたいところですが、在留邦人の状況はいっそう厳しさを増しております。新京への難民の流入は冬の訪れとともに鎮静化しました。これは、新京に避難しようとした邦人が冬までに全員新京に到着できたというよりは、冬までに到着できなかった人々は行き倒れてしまったと見るべきなのでしょう。しかしながら、今度は新京在住の邦人の難民化が進んでおります。満州に物資がないわけではない。インフレは進んでおりますが、お金さえあれば欲しいものは手に入る。ところが、ソ連軍によって工場も商店もことごとく資材を接収されたため、これまで日本人が働いていた働き口がなくなってしまったのです。わずかなたくわえを使い切り、ソ連兵の略奪を免れた衣類や家具を売り払ってしまえば、新京在留邦人全員が難民化するのは時間の問題と言わねばなりません。日本人会の資金も底を突いております。これまでも邦人有力者に借入をお願いしてまいりましたが、正月早々、事務局全員一丸となって借入金集めに努力してください。今年こそ、祖国に帰還できることを心から祈念いたしまして年頭の挨拶《あいさつ》とさせていただきます」

新京（長春）日本人会のような日本人組織は満州各地にできており、これら地方団体を統括した組織として日本人救済総会ができていた。会長には満州重工業開発会社（満業）総裁・高碕達之助《たかさきたつのすけ》が就任した。ソ連側では、長春だけで日本人会が活動するのは目こぼししてくれたが、全満州を一括指導するのは許さなかった。だが、ソ連側の目をかいくぐって全満的組織作りに努力した。そして資金作りとしては、日本人のお金持ちから借金しようということになった。その借金の保証を本国政府に依頼したいところだが、本国とはまったく連絡がとれない。

本国との連絡をとるために責任者が内地に行くことをソ連軍に折衝したが、頑として拒絶された。そこで二隊に分かれて内地に決死隊を潜行させることにした。密書は、高碕総会長が、吉田茂外相と、満業相談役だった鮎川義介《あいかわよしすけ》に宛てて書いたもので、大略次のようなことが書き込んであった。

「ソ軍の暴状、暴民の襲来、事務所も住宅も追い立てられ、掠奪《りゃくだつ》連日連夜の惨状は（派遣された）両名よりお聞き取りくだされたし。通信途絶在満二百万同胞の前途は寒心にたえず、中銀（満州中央銀行）はソ連に抑えられしため現金欠乏、多数罹災者は衣なく食なく、加《くわ》うるに寒気に対し採暖用炭の見込みこれなき有様《ありさま》に候《そうろう》。在満日本人救護には、
（一）ぜひとも二十億円（一人当たり千円）の救済金を支弁するよう連合国側の承認を得たきこと
（二）在満同胞中、老幼婦女約五十万を年内に引揚せしむるに足るべき船舶を優先的に大連に配給するよう、連合国側の承認を得ること」
二組の決死の密使は、一組は朝鮮経由で、一組は大連経由で、十一月上旬、日本に密入国した。受け取った鮎川義介は、すぐに幣原《しではら》喜《き》重郎《じゅうろう》首相に持って行った。これが戦後初めての満州からの連絡だった。だが、二十億円を連合国側に立て替えさせるなどと

いうことはとても言い出せる状況ではない。結局、高碕総会長の要望は一つもかなえられなかった。

小太郎は、その史実を大学の卒論研究で知っていたが、密使のことは、ごく少数の幹部以外、日本人会職員にも秘密にされていた。

越冬資金は、借入金として集めることにして昨年から鋭意努力が続けられていた。借入金は一口一万円として、償還期限一年後、償還場所は日本内地の横浜正金銀行本店所在地、金利無利息、償還日における正金建て為替相場により日本円にて支払う、ということで募金業務が開始された。だが昨年末の時点での資金の集まり状況は、目標額四千二百万円に対して応募額二千八十五万円と、目標の約半額であった。

年頭から小太郎たち事務局員は手分けして新京市内の日本人で金持ちと見られる人々を回って借入金を集めたが、なかなか目標額には達しなかった。

病後の体を押して一日歩き回り、集金はゼロで疲れ切って事務所にたどり着くと、小太郎は小野寺博士から会長室に呼ばれた。

「どうだろう、脇森君、新年からまたギターの演奏をしてもらえないかな」

博士に話を持ちかけられたが、小太郎は首を横に振った。

「病後ということもありますが、あんな事件のあとですからね。ソ連兵のための男芸者みたいなことはもうやりたくありません《そういえば、叔父さんが言ってたな。プロになるといやなことでもやらなきゃいけなくなるって。いやだから演奏しないなんて、やっぱり俺はプロにはなれないってことだな》」

「そうか、無理もないね。だが、日本人会としては、週千円の収入でも、喉《のど》から手が出るほど欲しい状況でね」

「問題は、帰国の目処が立たないことです。いつ日本に帰れるかわからない状況で、自分のたくわえを少しでも減らすことは、誰もがためらわざるを得ないのです」

「そうなんだよね。君の予知能力では、いつごろ引き揚げが開始されるんだい？」

小太郎は、あまり具体的なことを言うと、かえって不信感をかき立てるような気がして、これまで話さずに来たが、博士が自分のあてにならない「予言」を頼りにするほど気弱になっているようすを見て、自分の知っていることを話すことにした。小太郎は小声で話した。

「博士は日本人救済総会が内地との連絡のために密使を派遣したのをご存じですね」

「きっ、君はどうしてそれを……」

「僕にはわかるんです。その密使はすでに内地に到着していますが、本国政府は占領下にありますから、借入金の保証は得られません。来月、二月の下旬に丸山邦雄《まるやまくにお》ら三人の日本人が新京に来て、救済総会の高碕総会長に面会を求めるはずです。このとき総会長は初対面の丸山さんをあまり信用しないのですが、彼らこそ全満日本人を内地に脱出させる救世主になります。丸山さんは英語に堪能で、直接連合軍総司令部に出かけてマッカーサー元帥と面談します。そして在留邦人の窮状を訴え、満州に引き揚げ船を派遣することを認めさせるのです。彼らの役割は、エジプトで苦難の奴隷生活を送っていたイスラエル人を約束の地へ脱出させたモーゼに匹敵すると言うべきでしょう。博士は、高碕総会長に、丸山さんたちのために政府高官への紹介状を書くよう、強く助言してください。そして、丸山さん自身、自分の企てが成功するかどうか自信がないはずですから、必ず成功すると勇気づけてやってください。そのとき、モーゼが海を二つに分けたような奇跡は葫蘆島《コロとう》で行なわれる、とも助言するといいでしょう」

「コロ島?」

「そうです。張学良軍閥政府が満鉄の並行線を建設して、その海の玄関口にすると宣伝した葫蘆島です。これが建設されると満鉄は存亡の危機に陥るとして日本人が恐れたあの葫蘆島です。ソ連軍は今年の五月に撤退して、満州の主要都市は国民政府の支配下に入ります。でも、そのあとも大型船が接岸できる満州の港は、大連も営口もソ連軍と中共軍の勢力下におかれるのです。国府軍の勢力下にある港は葫蘆島しかない。日本を占領している米軍が国民政府に話をつければ、葫蘆島からなら引き揚げできるのです」

「ふーむ、君が言うと、なんだか本当らしく思えてくるねえ」

「内地に引き揚げが始まると、日本人の所持金は賠償金の一部として中国に残していくことを強制され、持ち出し金額は一人千円に制限されます。そうなれば、持って帰れない金は、日本人会に貸して預かり証をもらい、日本に帰ってから現金にしよう、ということでどっと借入金が集まります」

「そうか、とにかく五月までもちこたえればなんとかなる、ということだね」

「はい、今が一番苦しいところです。頑張りましょう」

夕方、小太郎は水島と連れ立って帰宅した。水島が妻と息子を失ってからほぼ二週間になる。水島は、事件の当初よりは元気を回復したようだが、あいかわらずしょっちゅうため息をついてばかりいる。小太郎は寒さのためにどうしても足早になるので、気をつけていないと水島が後ろに取り残されてしまう。ずいぶん離れてしまったのに気がついて後ろをふり返ると、水島が立ち止まっていた。水島のところまで後戻りして言った。

「どうしたんですか?」

「いや、あそこの角に小平兵長が見えた気がしたんだ」

「小平兵長と別れたのは牡丹江の手前ですよ。新京までたどり着けたとは思えませんが、新京にいるなら日本人会の避難民名簿でわかるはずです」

「いや、あれにはずいぶん偽名で登録している人がいる。とくに脱走兵は偽名を使っていることが多い」

「ソ連軍は、日本兵捕虜は全員シベリア送りにして強制労働させていますが、それでも足りないらしくて、街頭から若い男を突然連行したりしているぐらいですからね」

「うん、ソ連兵が性欲を満たすために女性を出せと要求するのは『女狩り』と呼ばれて恐れられたが、それが少しおさまったと思ったら、今度は『男狩り』というわけだ」

「とくに、戦時中に反ソ的な仕事をしたような日本人、警察官とか協和会関係者とかは、反ソ活動に対する報復としてどしどし逮捕してシベリアに送っているようですからね。脱走兵とわかったらたちまちシベリア送りになる」

「うん、だから小平兵長が新京にいるとしても偽名を使っているはずだ。名簿ではわからないよ」

「最近、反ソ的日本人を密告すればソ連軍から賞金をもらえるので、同胞の罪をでっち上げて密告することが横行してますからね。小平兵長に見つかったら、僕らもソ連軍に密告されるかもしれませんね」

「戦時中は協和会関係者に限らず、誰もが軍に協力した。そりゃあ、多少はいやいやながら協力した者もいたかもしれない。反戦的な姿勢を示そうものなら、たちまち憲兵隊に検束されるからね。ところが、今、ソ連軍に同胞を密告しているような連中は、戦時中軍の手先になって反戦的・親ソ的言動を憲兵隊に密告したような連中なんだから、いやんなるよ」

「とにかく十分気をつけなくちゃなりませんね」

「うん、僕らがソ連軍に捕まったら、春子はどうなることか」

　小太郎と水島は後ろをふり返りながら帰宅したが、尾行はついていないようだった。その後二週間ほどは何事もなく、水島が小平兵長らしき人を見かけたのは夕暮れ時だったし、あれは他人の空似だったのかもしれないと思うようになったある晩、真夜中に社宅の門前でトラックが急停止した。そのブレーキの音で小太郎は目を覚ました。今新京でトラックや乗用車を使えるのはソ連軍関係者に限られている。何が起こるかはわからないがとにかく水島と春子といっしょに押し入れに隠れた。いざというときは押し入れの壁にあけた穴から隣の都築の家に逃げることにしているが、ソ連兵がどっちの家に来るかわからないので、とりあえずようすを見た。隣の都築の一家も押し入れに避難しているのが壁の穴から伝わる息遣いでわかる。

トラックから十人ばかりの兵隊がばらばらと降りる音がした。ロシア語で何やら命令が下されたようで、中庭につながる門扉が叩き壊されて、中庭に兵隊が押し入ってきた。横丁に面した裏側も、中庭に面した玄関の方にも兵隊が配置されてすっかり取り囲まれたのがわかった。それからロシア人通訳の声がした。

「ここに脱走兵が潜んでいると通報があった。すでにこの家は囲まれている。素直に出てきなさい。出てこなければ家に向かって銃弾を撃ち込む。非常に風通しのいい冬を過ごすことになるぞ」

押し入れの中で、小太郎が言った。

「僕が出ます。誰かが行かないと連中は本当に自動小銃をめくら撃ちするでしょう」

「小平兵長に見つかったのは私だ」

「水島さんがいなくなったら春子ちゃんはどうなるんですか。連中はここに脱走兵が一人いるとしか通報されていないはずです。誰か一人出て行けばそれでおさまるでしょう」

「すまん」

「この手帳に僕の実家と柴崎の実家の住所が書いてあります。帰国できたら、実家に知らせてください」

「わかった。恩に着るよ」

そのとき外から通訳が怒鳴った。

「三つ数える間に出てこないと撃つ！」

「わかった！　今出て行く」

こうして小太郎は再びソ連軍の捕虜になった。小銃でつつかれるようにしてトラックの荷台に上げられ、トラックは真っ暗な街路を走って行った。何キロか走ったように感じられたが、トラックは頑丈な門の中に入って停車した。雪明かりで見ると、そこは元々刑務所だったようだ。戦時中は抗日分子を捕らえておくのに使われていたのだろう。そこが今は反ソ分子の収容所になっているわけだ。小太郎は火の気のない屋内に入れられ、素裸にされて厳重な持ち物検査を受けたあと、尋問部屋に入れられた。

がらんとした部屋に木製の机が一つと椅子が三脚あった。天井から吊るされた裸電球が一つ灯《とも》っている。少佐の肩章をつけた取り調べ係の将校が机の向こうに腰かけている。小柄で小太りな体型で、顔の肌つやの具合からはまだ四十にはなっていないように見えるが、すっかり頭が禿げ上がっている。少佐は、小太郎に差し向かいの椅子に腰かけるよう命じた。書記が取り調べ記録を広げて、小太郎から見て机の左に陣取っている。小太郎をこの部屋まで連れてきた兵士二人は、そのまま入り口のドアの両側に自動小銃を首から吊るして立って番をしていた。

将校は日本語ができた。名前と階級、どこで脱走して、これまでどうしていたといった型通りの尋問に、小太郎はほぼ正直に答えた。ただし、一緒に逃げたほかの二人のうち、一人は脱走の際に受けた銃撃で死亡したことにした。もう一人は、これは本当だから、脱走から数ヶ月後にチフスで死亡したと話した。そして、元から新京で銀行員をしていた知り合いの家に潜伏していたのだということにした。

取り調べは簡単に終わった。ソ連側としては、どんな罪状であれ、既定の人数をシベリアに送り込むことを最優先にしているらしいことがうかがえた。

「尋問はこれでおしまいだ。ただし、脱走に対する処罰がある」

「処罰？」

「そう。二度と脱走する気を起こさせないようにする厳しい懲らしめがある。ソ連にはスメルシという機関があってね。ロシア語で『スパイに死を』を意味するスメルチ・シピオーナムを縮めてそう呼ばれている。反ソ活動を取り締まる秘密警察というところだ。私はそのスメルシの対日諜報の専門家でね、拷問の手口にも習熟している。君のような小物にはそんなに手間もかけていられないので、こっちはちっとも手間がかからず、君には厳しい反省をもたらす方法をとることにした」

そのスメルシの少佐はニタリと残忍な笑いを浮かべて、入り口の兵士二人に何やらロシア語で命令した。兵士たちは無表情に小銃でつつくようにして小太郎を追い立てた。再び長い廊下を歩き、どこかロッカールームのような部屋に入れられた。そこには壁の片方に鉄製のロッカーのような箱がずらりと並んでいた。汲み取り便所の便壺のようなものすごい悪臭がした。兵士はそのロッカーのような箱の一つの扉を開け、小太郎を押し込んだ。そしてものも言わずに扉を閉めて鍵をかけ、どこかに行ってしまった。

その鉄製ロッカーの中は真っ暗で、人間がやっと入れるだけの広さしかない。体を動かすことも座ることもできない。小太郎は綿入れ服と冬外套《がいとう》を着てはいたが、火の気のない室内は凍りつくような寒さだ。足踏みをして少しでも暖まろうとすると、ピチャピチャと音がして、悪臭がひどくなる。どうやら前にこの箱に入れられた人が漏らした大小便が、粗雑な清掃のせいで箱の底の方に残っているのだ。最初のうちは立っていたが、疲れてくると立っていられなくなる。だが、しゃがもうにも膝が前の扉につかえてしゃがむこともできない。どうしようもなく膝を前の扉に当てて背中と膝で身体を支えて休もうとするが、箱が頑丈な鉄製だから、当たっている膝がすぐに痛くなる。右に寄りかかろうと、左に寄りかかろうと、結局鉄に当たっている部位は痛んでくる。

現代の小太郎は不眠に悩まされていたが、今思えばどうしてあんなことで悩んだりしたのだろうか。体が疲れていないのに眠ろうとしても眠れないのは当たり前だ。暖かい布団にくるまれているのに眠くならないのは、全然力仕事をしていない証拠であって、本当に幸せなことだったのだ。横になれず、どこかに寄りかかっても体が痛むために、疲れ切っているのに眠れない今の状況こそ本当の地獄だ。

寒気の中で立ちんぼうをしている当然の結果として、やがて小太郎は尿意を催した。

「おーい、小便ぐらい外でさせてくれ」

大声を出したが、誰もいないらしい。どんどんと扉を叩いても、力いっぱい蹴飛ばしても、びくともしない。もう夜が明けているのかもわからなかったが、小太郎が大声を出したあとは、周囲の静かさがいっそうきわだって感じられ、人の気配はまったく感じられなかった。

このままズボンの中に漏らしたのでは小便が冷えたあとは凍傷になるだろう。小太郎は意を決して、膝と背中を前後の壁に突っ張って体をロッカーの中で浮かせた。それから前ボタンをはずして一物を外に出して放尿した。多少しぶきは跳ね返ったが、ズボンの中に漏らすよりはずっとましである。小便はロッカーの底にたまったが、水も漏らさぬほどの密閉度ではないので、間もなく外に流れ出た。それからようやく足を下ろしてひと息ついた。自分の小便の蒸気が箱の中にこもって吐き気を催す。小太郎は情けなくて涙が出てきた。

「くそおっ、出せ！　露助《ロスケ》め！　出せえっ！　出してくれえっ」

いくら叫んでも何の反応もなかった。

だが、小太郎はくじけなかった。こんな残酷極まる拷問をするような連中の思い通りになってたまるかという反抗心がむらむらと湧いてきた。《親の言うなりになってたまるかという意地を貫いてこれまで生きてきた俺だ。こんなことで露助の言うなりになってたまるか》たとえ地の果てに送り込まれようと絶対に脱走してやるという決意が、暗黒の鉄のロッカーの中で深く深く心に刻み込まれた。

それから何時間経ったのだろうか。ずいぶん我慢したけれどさらに二度小便をしなくてはならなかったし、空腹も喉《のど》の渇きもひどくなったからそうとうな時間が経ったはずだ。やることがないのでシラミつぶしをしていたら、人の足音が近づいてきた。突然、ガチャリと音をさせて鍵がはずされて扉が開いた。足に力が入らなくなっていた小太郎は、あやうく倒れそうになった。正面にスメルシの少佐が冷ややかな笑いを浮かべて立っていた。手で鼻をつまんで嘲《あざけ》るように言った。

「おお、臭《くさ》いな。どうかね？　これに懲りたら二度と脱走など企てないことだよ。今度脱走したときは、こんな程度ではすまないと覚悟しておきたまえ。おっと、気をつけたまえよ。きちんと立っていないと自分の垂れ流した小便の中に倒れ込むことになるぞ。でも、そんなこと気にしていられる状態でもなさそうだね。日本語では自暴自棄になることをヤケクソと言うようだが、ヤケクソで凍った小便の上で寝るかね？　ふっふっふ、われながら実に上出来《じょうでき》の日本語のダジャレだ。そうは思わんかね？」

小太郎は朦朧《もうろう》とした状態で顔を上げたが、少佐が何を言っているのかわからなかった。少佐の言葉はしばらく空中を漂ってから小太郎の耳に届いた。

《焼けた糞《くそ》と凍った小便、そういうことか。チキショー、俺の親父もしばらく考えないと笑えないようなつまらないダジャレを飛ばしたものだが、こんなひどい状態の俺に向かってよくもそんな口がきけたな！》

小太郎は少し歩こうとしてツルツルに凍った小便だまりの上で滑ってよろけてしまい、その拍子《ひょうし》に少佐に両手でつかまった。少佐は便臭のしみついた小太郎に寄りかかられて、あわてて小太郎の手を振りほどいた。そばにいた兵隊がすぐに両わきから小太郎をかかえて少佐から引き離した。だが、その隙に小太郎は少佐の襟元からシラミを滑り込ませるのに成功した。小太郎は少佐がチフスにかかって死ぬことを強く念じつつ外に引き立てられて行った。

すでに日は高くなっていた。小太郎はほかの捕虜といっしょに有蓋貨車に詰め込まれて新京を出発した。

シベリア収容所

汽車はところどころで不定期に停車し、北へ北へと進み続けた。どこへ行くとも告げられなかった。車輌の中央に鉄製の引き戸式扉があり、これを開けて中に入ると、その左右、つまり進行方向に向かって前と後ろに木製の棚があって上下二段に仕切られていた。天井近くの前後二ヶ所に長方形の小さな格子窓があり、これが空気孔兼明かり取りの役目を果たしていた。車輌の中央にストーブが据えつけられていた。扉の反対側の床には以前にこの車輌で連行された日本人の誰かが開けたらしい穴があり、走行中に便意を我慢できなくなった人はここから排便するようになっているらしかった。上下に分かれても手足を伸ばして寝るというわけにはいかないすし詰め状態で、においも窮屈さも、あの鉄製ロッカーより多少ましという程度だった。誰もトイレ穴の近くには行きたがらず、格子窓の近くはにおいに関しては少しましだったが風が吹き込むのでここもみんなに嫌われて、寒さが厳しいせいもあって、比較的状態のいいところに身を寄せ合って寝る格好になった。

すでに兵隊はほとんどシベリアに送られてしまったようで、今この貨車の中にいる人たちは、警官や協和会関係者など、いわゆる「前職者」が多かった。ソ連は戦時中の反ソ活動に対する報復として、これら「前職者」に強制労働を課したのだ。だが、中には戦争協力とはまったく関係のない民間人が街頭で突然連行されたという例もあったから、反ソ活動に対する報復というのはむしろ口実で、シベリアで働かせる奴隷狩りというのが実情というべきかもしれない。

戦時法規では、「捕虜」という用語は、戦争中に捕獲した兵隊をそのまま本国に帰すと再び兵隊となって敵の戦力となってしまうのを防ぐため、戦争が継続する期間中収容されている兵隊を指す用語である。すでに戦争が終わっているのに武装解除した兵隊を強制収容することは戦時法規では許されていない。したがって適切な正式用語がない。兵隊ではない民間人などは、なおのこと捕虜という用語には該当しない。正しくは「拉致被害者」と呼ぶべきなのだろうが、シベリア強制抑留をあつかった著書では「抑留者」と呼んでいることが多い。しかし、疲れ切った小太郎には呼び方で頭を悩ませる余裕はなく、貨車の中に詰め込まれている自分たちは捕虜にされたのだと理解した。

貨車が停車したときに、ときどき扉を開けて用便させるために外に出してくれたが、停車してもだしてくれないこともあった。停車中に一日に二回パンとスープが配られたが、空腹を満たすには不足だった。走行中は厳重に外から施錠され、用便のときには自動小銃を構えた兵隊が監視していて、九月に脱走したときのようなことは不可能だった。一人、単にソ連兵の見ているところで尻を出すのが気が引けて、少し離れたところで大便をしようとした捕虜が無警告で射殺された。これを見せつけられて、恐怖で恥ずかしさも消し飛んでしまい、以後は男同士列車のすぐ近くで尻を出して排便するようになった。

捕虜の中に下痢をしている人がいて、どうしても我慢できないと、トイレ穴から走行中に排便した。揺れる車内で小さな穴から排便するのだからどうしても下痢便を床に漏らしてしまう。悪臭は車内にこもり、不衛生極まりない状態になる。最初のうちは、どこからか「くせえぞ！」とか怒鳴り声が上がることもあり、か細い声ですまながる声も聞こえたが、そのうち車内をあきらめが支配したようで、無気力な沈黙のまま貨車は北へ北へと向かった。

夜間には寒気がひどく、ストーブの石炭をめいっぱい焚《た》いても車輌の壁には霜が厚く凍りついた。昨夜の下痢患者は、夜中には用便に行かずに寝ていると思ったら、朝になって気がつくと冷たくなっていた。死体を埋葬することは許されなかった。ソ連兵が死体から衣服を脱がせて素裸にして線路わきに放り出した。衣類はソ連の戦利品という考えなのだろう。不服そうな態度を見せるとすぐに銃口を向けられることに慣れてしまった捕虜たちは、ソ連兵に追い立てられるまま従順に貨車に乗り込み、発車したあとで、外は見えなくとも遺体があると思われる方に向かって手を合わせた。

　数日後、貨車はソ満国境の駅、黒河《こくが》に到着した。そこから凍結した黒竜江《こくりゅうこう》を徒歩で渡り、ソ連側の国境の駅、ブラゴヴェシチェンスクに着いた。そこで同じような有蓋貨車に詰め込まれ、再び北に向かった。貨車はどこかで分離されて別々の路線に振り分けられて輸送されたようで、最終到着地で降ろされたときには一輌だけになっていた。収容所に到着したのは一月二十五日のことだった。

　たぶん夕方の五時ぐらいだったろうが、一月の日は短くて、すでにあたりはすっかり暗くなっていた。駅からほど近いところに、収容所の高い塀と、その四隅に高く突き出た望楼から照らされるサーチライトの光が見えた。逆光になるのでよく見えないが望楼には複数の監視兵がいるらしく、収容所に近づくと寒さをまぎらすために足踏みしている数人分の足音が聞こえた。新京の刑務所は所内にも電灯があったが、ここは望楼のサーチライト以外には光がない。その暗く陰惨な風景に、小太郎は、抑留者たちの手記にしばしば「地獄」と形容されているシベリア収容所に、いよいよ自分も放り込まれるのだという重圧をひしひしと感じた。

収容所は、木造平屋の半地下式のバラックが数棟立ち並んでいて、その周囲を高さ約二・五メートルの丸太造りの塀が取り囲んでいる。一棟には約二百名の捕虜が詰め込まれ、五棟で約千名の捕虜が収容されていた。ほかに塀の中には医務室や食堂、浴場、便所などがあり、ソ連側の収容所職員は、日中は塀の中の本部で勤務しているが、夜は塀の外の官舎に住んでいるらしかった。敷地の四隅には望楼があり、そこには監視兵が昼夜を分かたず自動小銃を構えて立哨している。捕虜のバラックには電灯はないが、望楼にはサーチライトが据えられて、夜でも皓々《こうこう》と照らされている。門は一ヶ所だけで普段は閉じてあり、ここにも歩哨が配置されていた。

新しく到着した小太郎ら捕虜たちは、数名ずつに分けられて各バラックに分散収容された。すでに冬を過ごす間にチフスや栄養失調で死人が大量に出て、小太郎たちはその補充要員なのだった。

所長が新着の収容者たちに諸注意など訓示したが、そのわきに立っている通訳を見たとき小太郎はわが目を疑った。それは間違いなく新京のソ連軍司令部の通訳だったアンナ少佐だった。小太郎も驚いたが、少佐も小太郎に気づいてびっくりしたようすだった。だが、すぐに視線をそらして知らぬふりをしているので、小太郎も知らぬふりを決め込むことにした。

夕食後、小太郎はバラックの外に出て望楼を見上げてどこかに死角がないか探した。するると、突然後ろから声をかけられた。

「おい、望楼を眺めていると射たれるぞ」

振り向くと、数歩離れたところにメガネをかけた三十代半ばぐらいのインテリ風の捕虜がいた。

「僕らがここに着いたのは去年の秋で、収容所のバラックも、自分たちで建てたんだ。着いてすぐのころは、僕らの間でも望楼を眺めるやつもいた。そうしたら無警告で射ち殺された。別段脱走を計画するとか、そんな意味でなく、単に塀の外の夕暮れの空を眺めていただけで射たれたんだ。それから僕らは絶対に塀の外に目をやらないようになった。君は今度来た新入りだろう。気をつけないと危ないぞ」

「ああ、どうもありがとうございます。今日着いたばかりの新入りで、そこのバラックに入ることになった脇森太郎と言います」

「そうか、僕は高畑五郎。ハルビン学院を出て、ハルビンの商社に勤めていたんだが、一昨年《おととし》兵隊にとられて、敗戦で捕虜になった。ロシア語ができるもので、この収容所では通訳兼書記をやっている。外で立ち話をしているのを見とがめられるのも危険だから、厠《かわや》へ行くふりをして、向こうの建物の陰で話すことにしよう」

そして、建物の陰に行くと一段と声をひそめて言った。

「おい、君、脱走を考えているんだったら、あきらめた方がいいぞ。あの塀の外側には、高さ一・五メートルほどの有刺鉄線が二重に張りめぐらされている。塀と有刺鉄線の間は三～五メートルほどあり、そこは今は雪で覆われているが、雪のない時期には砂がきれいに敷きならされていて、万一有刺鉄線をくぐり抜けられても、雪のある時期には雪の上に、雪のない時期にはこの砂の上に足跡がくっきり残る仕組みになっている。

それに、ここをなんとか抜けたとしても、どうやって日本に帰るつもりだ？ 満州に抜けるだけでもまず不可能だ。ソ連と中国の国境をなす黒竜江は大河で、夏でも非常に冷たいので泳いで渡ることは不可能だ。船の警戒は厳しくて船を盗むこともできないだろう。歩いて渡るなら、川が凍結しているうちに渡るしかないのだが、川が凍結している時期には寒気が厳しくて収容所外で野宿などできるもんじゃない。

ここは今建設中のシベリア鉄道の支線の駅でトゥイルマと言う。今のところ、汽車が通じているのはここまでだ。ここから本線に出るまででも百キロはある。そこから最短距離で黒竜江に向かえばさらに七十キロ、合計百七十キロになる。だが鉄道沿いに逃げるのは無理だ。道に迷う心配はないが、当局が真っ先に探索するのも鉄道沿いだ。去年の十一月、黒竜江が凍結するころを狙って脱走したやつがいたが、二日目には見つかって射殺された。その死体は見せしめに、そこの門柱に縛りつけられて一週間さらし者にされたんだぜ。

鉄道沿いを避けて山道を行けば狼の餌食になる。ソ連兵が持っている自動小銃は一分間に七十二発の弾丸が飛び出す。本部でうわさ話を聞いたところでは、その自動小銃を持った兵隊三人が狼の群れに襲われて食い殺されたこともあったそうだ。

悪いことは言わない。あきらめて、ここで生き抜いて帰国の日を待つんだ」

「はあ、自分は元々脱走する気なんかありません。でも、ご注意は肝に銘じて、決してそんなふうに受け取られることのないようにします」

小太郎は内心の決意を押し隠して答えた。

小太郎は高畑と別れて、そのまま厠《かわや》に行って放尿しながら考えた。

《それにしても、さっきの高畑という人、収容所の構造とか、地理上の位置関係とか、ずいぶん詳しかったなあ。書記として本部に出入りしたりできるから、そういう情報も知る機会があるんだろうけど、たぶん、あの人も脱走の可能性についてずいぶん調べたんだ。あの人が徹底的に調べて無理だと判断したのなら、無理なのかなあ。でも、じいちゃんは脱走したんだ。絶対にどこかにスキはあるはずだ。じいちゃんにどうやって脱走したのか聞いときゃよかったなあ。あと、アンナ少佐のことも気になるなあ。去年の暮れまでは確かに新京にいたのに、なんでこんなところにいるんだろう。高畑さんも本部勤めなんだから、そのへんの事情を知っているかもしれないけど、少佐は俺と知り合いなのを隠したいみたいだから黙っていた方がいいだろうな》

翌日から小太郎ら新入りの捕虜たちも屋外作業に出た。冷暖房完備の現代の暮らしに慣れた小太郎にとっては、新京の冬の寒さも厳しかったが、シベリアの寒さはケタ違いだ。その日は特にひどい寒波に襲われた日だったようで、大気中の水蒸気が凍って微細なガラス繊維の屑のようにチラチラと空中に浮遊し、それが淡い靄《もや》のように視野いっぱいに立ち込めていた。風も起こらず、その空中に浮遊する細かい氷の結晶は、普通の靄と異なって、空気まで凍りついたようにまったく動かなかった。音さえも凍るようで、石を叩いても木を打っても、発する音は金属音のように聞こえた。

これほどの厳しい寒波は毎日というわけではなかったが、シベリアでは自然そのものがまるで牢獄のようで、明けても暮れても灰色の空からチラチラと粉雪が舞った。

この収容所では、今のところ、鉄道敷設のための地盤造成が主たる作業だった。焚き火をして凍った地面を温めたあと、鉄棒で地面をつついて穴をあけ、そこにソ連人技師が火薬を詰めて爆破する。そうやってできたガレキを運んで平らにしていくのである。

小太郎は、収容所から脱走するのは無理でも、この作業のときには脱走のチャンスがあると考えた。

脱走は黒竜江の氷が解けないうちに決行しなくてはならない。しかし、寒気をやり過ごすにはできるだけ暖かい方がいい。ギリギリのタイミングを見計らわなくてはならない。小太郎は慎重に計画を練った。現代の日本なら、大企業の重役がちょっとした手違いをしたところで、それで大企業がつぶれることはないだろう。だが、この脱走計画は、ほんのわずかな手違いですべてがおしまいになるのだ。そして、それは小太郎の死を意味するのだ。

小太郎は捜索側の裏をかくために鉄道を避けて西に向かって逃げることにした。鉄道線を南に行くより回り道になるので黒竜江まで優に二百キロはある。一日三十キロ歩くとして一週間はかかるだろう。その間の食糧も準備しなくてはならない。

捕虜たちの食糧は朝に一日分として黒パン一斤、約三百五十グラムが配られる。黒パンはロシア人の主食であり、捕虜たちにとっても常食だった。当初はまずく感じたが、馴れてくると、その少し酸っぱい風味をうまいと感じるようになった。黒パンの外側は、薄汚れたチョコレート色、中身は淡い褐色で、本来はライ麦で作るもので、白パンより好む人もいる。しかし、捕虜が支給された黒パンは、ライ麦粉もはいっていたかもしれないが、小麦粉のあまり精白しないもののほか、大麦粉、トウモロコシの粉、ときにはジャガイモまではいり、わら屑やもみ殻なども混じっていた。一日一斤ではとうてい不足だったが、小太郎は一斤を三等分して一日三食とした。朝に一食分を食べ、背嚢に二食分を入れて作業に出た。バラックの中に食糧を残していくのは誰かに盗まれる恐れがあった。そして昼食のパンを少量ずつ残して布袋《ぬのぶくろ》にため込んだ。ほかに、小太郎はタバコを喫《す》わないので、週に一度配給される刻みタバコをパンと交換した。黒パン一斤がタバコ一コップ（約五十グラム）の交換比率だった。一度もタバコを喫ったことのない小太郎には、愛煙家の気持ちはわからなかったが、配給食糧を残さず食べても栄養失調になる状況だというのに、パンとタバコを交換しようという捕虜はかなりの数にのぼった。こうして食糧は確保の目処が立った。

次に防寒装備である。外套《がいとう》の襟《えり》にはウサギの毛皮がついている。外套なしでは作業はできないが、襟の毛皮だけなら外しても作業ができる。そこでウサギの毛皮とタバコの交換を持ちかけてウサギの毛皮を何枚か手に入れた。これを作業着の裏に縫いつけて着てみると非常に暖かい。この上に外套を着れば夜の寒さもしのげる自信がついた。捕虜たちの服装は関東軍から没収したものが用いられていたが、防寒靴は逃亡防止のために配られていなかった。だが、防寒靴を隠し持っていた兵隊がいたので、毛布と交換して手に入れた。

小太郎の脱走計画については、周囲の捕虜たちも、うすうす感づいたようだが、誰も何も言わなかった。むしろ、所持品の中から、薬や塩、砂糖など、いかにも脱走に必要になりそうなものを選んで、わずかなタバコとの交換を申し込んでくる捕虜たちがいた。彼らは小太郎の計画をわかった上で、成功を祈って、こうした物品を持って行けと暗に言っているのだと思われた。小太郎は深く感謝してこれらの物品を受け取った。

そうしたある日、二月の半ばごろ、作業から戻って点呼が終わり、捕虜たちが三々五々バラックに戻ろうとしたとき、本部事務所から高畑が出てきて軽く小太郎の肩を叩いて「よう、色男」と小声で言うなり小太郎の手に小さな紙切れを握らせて、何事もなかったように立ち去った。小太郎も何事もなかったように、手をポケットに突っ込んで厠《かわや》に向かった。誰もいないのを確かめて建物の陰で紙切れを開いて月明かりで見てみると、

「今夜7時浴場ワキデ待ツ　アンナ」

と、たどたどしい文字で書いてあった。読んだあとは紙を細かくちぎって便壺に捨てた。

パンの配給は朝に一回だけだが、朝食と夕食にはわずかな野菜と塩魚の入ったスープ

が出る。夕食の時刻は六時だったから、時計のない小太郎は、これを目安にして夕食後しばらくして、少し早いかと思ったが、浴場に向かった。浴場はロシア式の蒸し風呂である。千人の収容者を半数の五百人ずつに分けて入浴させる。だから収容者個人としては週一回の入浴なのだが、浴場施設としては週二回使われる。入浴の際に衣類の蒸気殺菌が行なわれるので、さしも猛威をふるったシラミも全滅した。今夜は入浴日ではないので浴場周辺に人気《ひとけ》はない。サーチライトは主として塀に近づく人間を警戒して照らしているので、浴場の周辺は真っ暗である。小太郎は誰にも尾行されていないことを確認してそっと建物の陰の暗がりに身をひそめた。

ほどなくアンナ少佐が足音を忍ばせて、何度も後ろを振り返りながらやって来た。小太郎が足元の雪をほじくって少し音を立てると、少佐は暗がりを透かして小太郎を確認して近寄ってきた。それから、あたりをはばかるような小声で言った。

「ワキモリさん、こんなところで会うなんてびっくりしました」

「こっちもびっくりです。僕は新京で『男狩り』の網にかかったんですけど、少佐はどうしてこっちに来たんですか?」

「一月の定期の異動、ということになっていますが、要するに左遷《させん》です。誰かが、私がワキモリさんの見舞いに行ったりしたのを密告したらしいです」

「えっ、そんなことで……ボチャロフ大佐じゃなくて、少佐の方が左遷されたんですか」

「はい、外国人と親しくすれば、ソ連ではただでは済みません。通敵罪で刑務所送りにされなかっただけ幸運と考えるべきなのでしょう」

「それでは収容者とこんなところで会うのは危険じゃないですか」

「はい、でもどうしてもあなたに注意しておかなくてはいけないと思ったのです。ワキモリさん、タバコを喫《す》わないのをいいことにして、他の収容者の所持品を集めているそうですね」

「えっ、そんなことどうして少佐が知っているんですか？」

「目立つようなことをすればどこからでもうわさは伝わります。食糧貯め込みは脱走準備とみなされます」

「貯め込みだなんて……お腹がすいてたまらないから、僕には要らないタバコをパンに換えて休みの日なんかに食いだめしているだけですよ」

「重労働に対して食事が不十分なのはわかりますが、少しでも食欲を満たしたいだけだとしても、目立つようなことはやめた方がいいです。収容所の中には、ソ連当局のスパイになっている収容者もいるんですよ」

「はあ、注意します。でも、少佐、どうして身の危険をおかしてまで僕にそういう注意を与えてくださるんですか」

「なぜか？　それは……」

少佐は困惑したように言いよどんだ。少し間があって、暗がりの中で小太郎に体を寄せて、一段と声をひそめて言った。

「女の私にそんなこと答えさせるですか？　ワキモリさん、あんなにギターうまいのに女心わかりませんか」

暗さに慣れた小太郎の目に少佐の黒い瞳が近づいてくるのが見えた。少佐は目を閉じると、思い切ったように小太郎に抱きついて唇を合わせた。

《え、えーっ、タイムスリップ中にこりゃまずいんじゃないの？》

小太郎は心の中で驚いたが、小太郎の気持ちとは裏腹に「彼女いない歴三年」になる唇の方は久しぶりの口づけの快感にしびれた。軍服姿の外見からはわからなかったが、今小太郎に密着している少佐の胸はなかなかのボリュームと弾力性を備えていることがわかった。しばらく少佐は小太郎に抱きついていたが、小太郎が自分の背中に手を回してくれないことで小太郎の気持ちを感じたらしく、手を緩めて体を離して言った。

「あなたが病気になったと聞いたとき、あなたが死んだらと、私とても心配しました。

日本人と親しくしたら通敵罪になるかもしれない。お見舞いに行くときもずいぶん迷いました。でも、行かずにあなたに死なれたらと思うと、会いたい気持ちを抑えきれませんでした。ドイツとの戦争では、私の知り合いも何人も死にましたが、こんな気持ちになったのは初めてです。そのとき、私は自分の気持ち知りました。私は、初めての演奏会であなたが兵隊の大歓声に応えて手を振っている姿を見たとき、雷に打たれたように感動しました。そのときは音楽にしびれたとばかり思っていましたが、実はあなたに恋をしてしまっていたのです。こっちに異動になって一番つらかったのは寒さなんかじゃありません。あなたと会えなくなったことです。収容者の中にあなたを見つけたときには夢かと思いました。作業能率を高めるためということにして、春になったら収容所で演芸会を開催するよう所長に提案してみよう、どこかにギターはないかしら、またあなたのギターを聞けるかもしれない、そんなことを考えている間、私は幸せでした」

まだ何か言いたそうだったが、思いを振り切ったようにポケットから何か取り出した。

「ワキモリさん、どうか自分を大切にしてくださいね。それと、お茶の葉は煎じなくとも噛めば眠気覚ましになります。少し分けてさしあげます」

そう言って小さな紙袋に入れた紅茶の葉を小太郎の手に握らせた。

「これは、シベリアでは非常な貴重品ではないですか」

「いいです。私とは、あとお話しする機会もないかもしれませんが、何かのときにお役に立ててください」

少佐は紅茶の袋を握らせた小太郎の手をしばらく握って、別れがたい気持ちを瞳に込めて小太郎の顔をじっと見つめた。その見開いた目から涙があふれて頬を伝った。どうやら小太郎が脱走を計画していることを見抜いているようだ。小太郎は一瞬、彼女にだけは本当のことを打ち明けようかと思った。だが、脱走したあと、どんな捜索があるかしれない。何も知らない方が、隠すこともないだけ、彼女のためだと考えて、かろうじて思いとどまった。

「私は、も一度あなたのギターを聞きたいです。でも、もう会えなくなっても、私のこと、ときどき思い出してくださいね」

少佐は、それだけ涙声で言うと、突然踵《きびす》を返して駆け去った。小太郎は、少佐が立ち去った方に向かって紅茶の入った袋を押しいただいた。

脱走

三月になるとシベリアの寒気も少し緩んでくるのが感じられた。土曜日には昼で作業が終わる。監視員も土曜の夜は酒を飲んでいることが多いので、土曜に脱走を決行することにした。冷え込む夜には、寝るより歩いた方が少しでも暖かくなる。追っ手をまくにも夜に行動して昼は休んだ方がいい。夜間に行動するには月夜がいい。三月十六日の土曜日は陰暦の十三日だったので、満月に近いこの日に脱走を決行することにした。

その日はよく晴れて暖かい日だった。外套《がいとう》を着ていては汗ばむほどの陽気だった。みんな外套を脱いで作業をしている。小太郎も外套を脱いだのだが、外套なしで脱走はできない。どこかに隠しておきたいが、隠すところを見られるだけでも不審を持たれるだろう。小太郎は監視兵のようすを盗み見た。小太郎のところから目に入る監視兵は丘の上に立って自動小銃を構えている一人だけで、この兵隊は何かに気を取られて、丘の反対側の方ばかり見ている。《今だ！》小太郎は素早く作業現場のわきの疎林に転がり込んで、太い木の陰に隠れ、外套と背嚢を手早く木の根元において、周囲に散らばってい る枯れ枝で覆った。それから匍匐《ほふく》前進で丘の向こう側に出た。これで監視の範囲外に出た。

　間もなく、作業やめの号令がかかり、点呼の声が聞こえてきたが、小太郎がいないことに気づかれた気配はない。万一自分がいないのに気づかれたら、用便のために離れたと言い訳する気だったが、計算の不得意なソ連兵たちは、一人不足していることに気づかぬまま収容所に戻って行った。

　だが、日中の行動は危険だ。小太郎は衣類が濡れるのを防ぐため雪の上に小枝を敷いてその上に伏せたまま、辛抱強く日の暮れるのを待った。夕暮れ近くに立ち上がり、外《がい》套《とう》と背嚢を隠した木の根元に行ってみた。ない、ない！　根元から枯れ枝を取り除けてみても何もない。誰かに盗まれたのかと思ったが、周りを見回すと似たような木が立ち並んでいる。薄暗いので隠した木を間違えたのだ。もう一度よく思い出して、ここだというところを探したら簡単に見つかった。

　これで収容所の監視を脱するという第一関門は突破した。だが、前途には冬のシベリアの雪原二百キロが横たわっている。ここを食糧七日分で歩き通さなくてはならない。そして、なんとか黒竜江までたどり着いても、すでに解氷していて渡河できないという事態もあり得るのだ。食糧は多少食い延ばすこともできるだろうが、とにかく早く黒竜江まで行き着かなくてはならない。

小太郎は、前途の困難にくじけないよう、西の空の残照をにらんで自分の心を奮い立たせた。大きく背伸びをし、アキレス腱のストレッチをすると、防寒靴に履き替え、冬用外套を着込んで、背嚢を背負って出発した。

西に向かう道はあるのだが、道を歩くと人に行き合う危険があると考えて、初めは雪の山道を歩いた。だが、雪に足を取られるためあまりにも歩きにくい。やむを得ず、周囲の人影に注意しながら道路を歩くことにした。三時間ほど歩いたところで、人のざわめきを感じたので、道をはずれて雪中に伏せた。間もなく一群の人が通り過ぎてあとは静かになった。そこで再び道路に出て、いくつか山を越えたころには夜が明けてきた。

小太郎がいた収容所とは別の収容所の照明が見えた。夜のうちに脱走が露見したとすれば、このあたりの収容所には通報が回っているはずだから、回り道をして収容所を見下ろす尾根道を通ってやり過ごした。

太陽が出て暖かくなってきたので、第一回の休憩をすることにし、林の中で雪を踏み固めて、雪の上に落ちているモミの葉を敷いて、その上で寝ることにした。防寒外套の襟《えり》を立てて横になってみたが、足先が冷えて寝られそうにない。靴を脱いで大手套《だいしゅとう》を足に履いて寝たら、暖かく寝込むことができた。シベリアの森林地帯では、狼に襲われる警戒もしなくてはならないが、そのときはそのときと腹をくくっていたので熟睡した。

目が覚めたときには日が西に傾いていた。

二日目である。まだまだ先は長い。大きく背伸びをして起き上がり、背嚢の黒パンを食べ、腹に抱いて凍らないように注意している水筒の水を飲んだ。水を飲んだあとは、その分水筒に雪を詰め、再び腹に抱いて歩行中の体温で溶かして水を補給するようにした。食事をしながら下の道を見ていると、人通りの気配が全くないので、日没までは少し間があったが出発した。

とにかく西に歩くことにしていたのだが、間もなく道が大きく左つまり南に曲がって西進できない。どうしたものかと思ったが、南へ行く道路は追跡者たちが最も重点的に探索しているはずだと考えて、道路をはずれて西へ直進することにした。雪の平原を歩き続けると、初めはそんなに気にならなかったが、次第に足元が悪くなってきた。気がつくと腰掛けぐらいのサイズの草の塊がごろごろしている。針葉樹の密林が周囲を取り巻いていて、どうやらここは樹木の生えないツンドラ地帯の真っただ中らしい。日中の暖かさで一部凍土が解けて水たまりができている。うかつにこんなところにはまり込んだら、泥に足を取られてしまうし、靴の中に水が入ったら足が凍傷を起こしてしまう。小太郎は草株《くさかぶ》の上を選んで飛び歩くことにした。拍子《ひょうし》をとって快調に飛び歩いていたら、突然雪で滑って転げ落ちそうになった。必死に草株にしがみついて、なんとか沼地に足を落とし込まずにすんだ。しばらく荒い息が静まるのを待って、今度は慎重に一つ一つ飛び渡った。こうしてなんとかこのツンドラ地帯も抜けることができた。

少し歩くと大きな橇《そり》道に出てほっとした。

ところが日が暮れると天候が急変して猛吹雪になった。一メートル先も見えない。道はしっかりしているので、ただ足元を見て歩き続けた。するとだんだん体が熱っぽくなってきた。小野寺博士は、発疹チフスは一度感染すると免疫ができるので再感染ということはないが、無理をしたときなど免疫力が低下すると体内に残っていたリケッチアが再び活動しだすことがあると言っていた。再発性の発疹チフスは軽症で済むから心配ないと言っていたが、吹雪の中で歩けなくなったらチフスで死ななくとも遭難死だ。小太郎は発熱で朦朧《もうろう》となりながら歩き続けた。約一時間ほどで雪はやんだが、熱はさらに上がった気がする。背嚢のアスピリンを内服してひと休みした。それから無理をしないようにして、なお歩き続け、夜明けとともに二回目の露営に入った。昼間は好天に恵まれ、暖かかったので熟睡でき、夕方目を覚ますとすっかり解熱していた。

脱走から三度目の夜である。今夜は十五夜、満月である。平成の日本では夜も電灯の光があふれて、きれいな星空を見る機会がない。シベリアの無人地帯では、満月に負けずに星が美しく輝いていた。星空が冴えわたって、見上げると体が吸い込まれそうな気がする。ここは北緯五十度、北極星がずいぶん上に見える。進行方向はわかりやすい。

夜半に分岐路に出くわした。一方は北寄り、もう一方は南寄りである。すでにずいぶん西に来たので追っ手はまくことができたはずである。少しでも南寄りのルートの方が黒竜江への近道になると考えて、ここから南寄りのルートをたどった。ところが数時間歩くと、道が今度は東に逆戻りする方向に曲がっていく。やむなく引き返して分岐点に戻ったころには夜が明けてきた。結局この日は五時間近く無駄歩きをしたことになった。

黒竜江の結氷は大丈夫だろうか。心は急《せ》くが、走ったのではすぐにへたばってしまう。休まず歩き続けられる程度のスピードで歩くしかない。

部落が見えたので、その手前の林の中で露営し、日暮れを待って通り抜けた。四度目の夜である。夜半になると月光が雪に照り返して真昼のように明るい。今夜は冷え込みそうだと思いながら歩いていると、後方からおびただしい蹄《ひづめ》の音が近づいてくる。

《何だ？　追っ手か？　騎馬隊を組んで追いかけて来たのか？　まずい、まずいぞ！》

必死で走ったが、音はどんどん近づいてくる。素早く道路わきに伏せたが、雪の上には足跡がくっきり残っている。《ついに見つかってしまうのか》小太郎は恐怖に身を縮めて息をひそめた。

ところが、蹄の音は小太郎の足跡に気づいたようすもなく通り過ぎて行った。そろそろと頭を上げて音のする方向を見ると、それは、人が乗っていない裸馬《はだかうま》だった。裸馬が群れをなして駆け抜けて行ったのだ。追っ手ではないとわかって安心して、その後ろから歩いていくと、馬たちは雪をほじくり返して、山積みされた牧草を食べていた。馬たちの吐く息が湯気になって立ち込めている。シベリアの馬は寒さに強いから冬でも畜舎に入れることなく放牧が可能なのだろう。

裸馬の群れなど一度も見たことがなかった小太郎は、しばらく呆然と見つめていた。馬に乗れればずいぶん楽になるが、一度も乗馬の経験のない自分が裸馬に乗れるはずもない。今は馬に見とれている場合じゃないと気をとり直した。

馬たちをやり過ごしてなおも歩き続けると、気温がぐんぐん下がって来るのが感じられた。防寒帽をかぶった上に、防寒外套のフードで頭は覆われている。顔も大部分襟《えり》巻きで覆っているが、目は出しておかざるを得ない。瞬きするとまつげが凍りついて目を開くのに少し力を入れなくてはならない。顔の寒気にさらされている部分も凍りつきそうだ。大きく息を吸い込むと、胸に氷の板を突っ込まれたようで思わずたじろいでしまう。浅い呼吸しかできないから、運動量を増やして体熱を産生することもできない。体も柔軟性を失い、関節がぎくしゃくして人形の手足を動かしているような感じがする。吐く息も凍って身動きできない感じになってきた。頭も朦朧《もうろう》となり、眠気を催した。

かつて小太郎は大東京のアパートの一室で孤独感にさいなまれていた。だが、あれは孤独などと呼べた代物ではなかった。腹が減ったらいつでもコンビニに弁当を買いに行ける。どこか遠方の発電所で昼夜を分かたず発電してくれる職員と、送電線が走る山奥に寒暑を問わず踏み入って点検してくれる作業員のお陰で、途切れることなく電気が使えるために、寒ければ暖房、暑ければ冷房、スイッチ一つで自由自在だ。病気になったら夜中でも救急病院に行ける。そんなものは孤独でも何でもない。社会全体が自分ひとりの世話を引き受けてくれていたのだ。真の孤独とは、シベリアの大雪原を歩き続ける今の状況だ。どんなに人恋しくとも半径十キロ四方に人はいない。誰に話しかけることもできない。どんなに泣き叫んでも、返ってくるのは梢《こずえ》を渡る風の音ぐらいだ。どんなに寒くとも、空腹でも、疲れても、病気になっても誰も助けてはくれない。これこそ孤独というものなのだ。

寒気はいよいよ厳しくなり、小太郎の体全体がぶるぶると震え出した。胴震いが始まったのだ。脳の体温調節中枢が低体温を感知して、全身の筋肉が最後の力をふりしぼって体熱を産生しようと反応しているのだ。これでも体熱産生が体熱放散に追いつかなければ人間は死に至る。すなわち凍死である。

そのとき、誰もいないはずの大雪原で、はるか遠くから人の声が聞こえた。

「小太郎、小太郎！」

《父さんと母さんの声みたいだ。凍死寸前の人間には幻聴が聞こえるそうだ。俺はもうすぐ死ぬのだろうか？　うん、俺はずいぶん頑張ったよな。ソ連軍の大砲の乱射乱撃をかいくぐり、果てしない満州の大地を避難民を連れてさまよい、チフスからも回復した。死に神の魔手を何度も間一髪で逃れてきた。脱出不可能と言われたシベリア収容所からも脱出した。われながらよくやったよ。死に神のやつ、そろそろ俺をつかまえるのをあきらめてくれてもよさそうなもんだけど、死に神ってのは本当にあきらめが悪いみたいだ。今度という今度は俺の方があきらめるしかなさそうだ。父さん、母さん、ごめんよ、俺はもう一歩も歩けないんだ。父さん、ここであきらめたって俺をほめてくれよ。母さん、母さんのやさしい腕に抱かれて死にたかったよ》

＊

気仙沼では、大震災後二度目の夜を迎えていた。停電で街の灯《あか》りがすっかり消えているので、満天の星が美しいが、放射冷却現象のために寒気は厳しさを増していた。

抗生剤点滴で小太郎は解熱し、呼吸も落ち着いて、酸素吸入も中止でき、危機を脱したようだった。これで今夜は眠れるかと浩太は少し安堵したが、深夜を過ぎて小太郎の血圧が下がってきた。体温も、解熱の際に汗をかいたせいか、今度は低体温気味である。停電で暖房できないのがつらい。カセットコンロのガスも切れたので、今夜は湯たんぽも使えない。浩太は幸子と交代で二枚重ねの布団の下で乾布摩擦をして小太郎の体を温めようとした。

「いかん、ますます体温が下がっている！」

幸子と二人で必死で乾布摩擦をしたが、外気温はいよいよ低下し、暖房のない室内の気温も低下する。意識のない小太郎は、両親の必死の摩擦にも無反応のまま脈拍も微弱となってきた。

「小太郎、しっかりしろ！　母さん、ロッキーのテーマ曲はどうした？」

「ラジオを一日中つけてたから、ラジカセの電池切れちゃったの」

「小太郎！　死ぬな！　死んじゃだめだ。父さんより先に死んじゃだめだぞ！　お前は父さんの言うことをさっぱり聞かなかったけど、今度だけ、今度だけ、父さんの頼みを聞いてくれ。頼むから、頼むから死なないでくれ！」

浩太は泣きそうになって小太郎の体をこすった。だが、小太郎の体はどんどん冷えていく。いきなり浩太は衣服を脱ぎ捨てて裸になって布団にもぐり込んだ。幸子も同じように裸になって小太郎を抱いた。

「小太郎、小太郎！」

幸子も浩太も両側から自分の頬を冷たい小太郎の頬に押し付けて二人で声をそろえて呼びかけた。すると、しばらくしてようやく小太郎の体は温かみをとり戻した。

「もう大丈夫だ」

浩太は、幸子にというよりも、自分に言い聞かせるように言った。

「そういえば、小太郎が小さいころは親子三人で川の字になって寝たもんだったな」

浩太は布団の中で幸子の手を握って話しかけた。

「今は小太郎の方がお父さんより背が高いから、川の字にしては変だけどね」

「ハハハ、そうだな」

「フフフ、なんだか震災以来初めて笑った気がするわ」

大人三人が横になるには窮屈だったが、疲れ切った夫婦は息子をはさんでしばらくまどろんだ。

＊

シベリアの大雪原で、もう一歩も歩けないという状況に陥った小太郎は雪の中に倒れ込もうとした。ここで倒れ込んだらどんなに気持ちがいいだろう。白い雪がふかふかの綿布団のように見える。ぐっすり眠れそうだ。眠気の誘惑に負けて一度倒れてしまえば、二度と起き上がることはできなかっただろう。何日もしないうちに小太郎の死体の上には雪が降りつもり、いずれ周囲の雪原と区別がつかなくなってしまっていたに違いない。だが、まさに小太郎が倒れようとしたとき、小太郎の耳に、両親の声が、最初はかすかに、しかし、次第にはっきりと聞こえた。小太郎は死の寸前で気をとり直した。

《平成の気仙沼で父さんと母さんが待っているんだ。俺はこんなところで死ぬわけにはいかない。これであきらめるだって？　なにくそ！　じいちゃんにできたことが、孫の俺にできないはずがない！　じいちゃんになった俺が生きて帰らなければ父さんが生まれないことになる》

なんとか歩き続けようとしたが、意識はまだ夢と現実の境い目をさまよっている。凍りついてごわごわする襟《えり》巻きに唇が触れたとき、アンナ少佐の柔らかい唇の感触を思い出した。

《アンナ少佐が春の演芸会の話をしていたな。こんなことなら、脱走なんかしないで演芸会でギターを弾けばよかったかもな》

このときになってようやく小太郎は、少佐の贈り物が外套《がいとう》のポケットに入っていたことを思い出した。

《そうだ、少佐が眠気覚ましにお茶が効くと言っていた》

小太郎はポケットから茶葉を取り出して噛んでみた。

ふと見ると、北の空の低い部分が赤く染まっている。夜明けならば東の空が赤くなるはずだ。しかもその赤い光は、明るいカーテンが風に揺れるかのように不規則に変化する。どうやらこれがオーロラらしい。真島昌利《マーシー》の「オーロラの夜」の歌を聞いて以来、一度オーロラを見てみたかった。その荘厳な美しさに小太郎は見入った。茶葉の効果か、もはや眠気は消えていた。

夜が明けるころ、前方に部落が見えてきたので、道から四、五十メートルばかり離れたところで休むことにした。夜は晴れた方が寒くなるが、日中は暖かくて、この日もぐっすり眠った。夕方気温が下がると目を覚ました。食事をすませて、日没後に部落を通り過ぎた。民家の近くを通り過ぎると、中から一家団欒《だんらん》の声が聞こえてきた。小太郎は、奥さんと忠男君が生きていたころは水島の家もにぎやかだったことを思い出した。今は春子ちゃんと二人きりでどんなにさびしい暮らしをしているだろうか、俺は絶対に生きて帰るぞ、と勇気を奮い立たせた。

部落を過ぎてしばらく行くと、橇道《そり》が途絶えた。小高い山のふもとである。西に行くにはこの山を越さなくてはならない。今夜は脱走から五度目の夜である。すでに食糧も残り少なくなっている。もう一度戻って道を探すわけにはいかない。小太郎は覚悟を固めて雪山に分け入った。雪が深くて腰まで埋まったが、ぐいぐい押して登った。初めのうちは軟らかい粉雪をかき分けて快調に進んだが、夜が更けて気温が下がるにつれて雪の表面が凍ってきた。こうなると押し分けて登るには固すぎた。かといって、上に載って歩こうとすると体重をかけたとたんスポスポと足がはまり、歩きにくいことおびただしい。ひと足ひと足難儀をしながら峠に達した。ひと晩かかってようやく山を越えた。

山のふもとに、ススキのような丈高い枯草の原野が広がっていて、積雪で押し倒されているのだが、すでにシベリアにも春の気配がただよう陽気で、枯草が一部雪から顔を出している。一番乾いているあたりに横になってみると、雪の上で寝るより非常に心地がいい。

この日もぐっすり眠って、目が覚めてみると、午後三時ごろか、まだ日は高い。六日目である。黒竜江まではあと少しのはずだ。ここはまだ山の中で、人の気配も感じられないので、夜を待たずに出発した。明るいうちに歩き始めたのだから、この日はずいぶん歩いたはずだが、夜明けになっても黒竜江には達しない。食糧が残り少なくなった。

水だけになってしまったら人間はどのぐらい歩き続けられるものだろうか。明日も黒竜江に達しなければ脱走は失敗ということになるかもしれない。このまま歩き続けようかと思ったが、今日一日で黒竜江に到達できるとは限らない。疲労回復も重要だ。明日からは食糧を半日分ずつに食い延ばすことにして、日中は睡眠をとることにした。

早く黒竜江に着かなくては、とあせる気持ちがあるのでなかなか寝つけない。ようやく寝ついたら夢を見た。小太郎の眼前に滔々《とうとう》と流れる黒竜江があった。その名のごとく、黒々とした流れは激しい波を竜のうろこみたいに逆立てて、春の陽光を照り返して、延々と続いていた。黒竜江はすでに解氷してしまっていたのだ。小太郎はその黒い激浪《げきろう》を呆然と眺めていた。

うなされて目を覚ますと青く澄んだ空からまぶしい陽光が降り注いでいた。寝るときに目かくしに顔に載せた帽子が寝ている間にはずれたらしい。

七日目、今日も快晴である。数時間眠っただけで目が覚めてしまった。脱走以来好天続きなので黒竜江の結氷がどうなっているか気にかかって仕方がない。だからあんな夢を見たのだろうが、あれが正夢になる可能性は十分ある。黒竜江に到達しても、解氷したあとだったら渡ることはできないのだ。まだ午前中だが、警戒しながら歩き始めることにする。南に見える雪をかぶった山並みは、満州の山ではないだろうか。だとすると、黒竜江は今下山しつつあるこちらの山と向こうの山の間にあるはずだ。ときどき山の下の道路を自動車が通過する。突然、静寂を破って飛行機の爆音が聞こえてきた。あわてて木陰に身をかくしたが、一段と緊張感が増す。

下山して、自動車道を横断してしばらく行くと、突然黒竜江の岸辺に出た。黒竜江上は分厚い氷が折り重なって氷結しており、結氷していない時期はこのあたりは急流なのだろうと推測された。氷上には周囲の岸から流れ出た雪解け水が静かに流れているが、その下の氷に割れ目はなさそうである。《大丈夫、渡河できる》小太郎は解氷前に黒竜江に到達できたのだ。あまりにも突然黒竜江に出たのでしばし呆然としたが、ようやく気を取り直して周囲を観察した。森林に覆われた丘が岬のように張り出していて下流は隠れているが、上流に向かってははるか先まで遠望できる。ソ連側には点々と望楼が立っている。満州側にも日本軍の監視哨があったはずだが、小太郎のいた監視所がそうだったように、すべて破壊されてしまったのだろう。しばらく人の気配をうかがったが、一向に人影は見当たらない。黒竜江の氷上をチョロチョロ流れる雪解け水を夜に渡るのはつらい。

時刻は正午ごろ、小太郎は防寒靴を地下足袋《じかたび》に履き替え、白昼氷上を渡ることにした。氷結した河幅は数キロほどもあろうか、だがその氷上を流れる雪解け水の細流の幅はほんの十数メートルで、深さは膝までもない。小太郎は水の冷たさに耐えつつ、はやる心を抑えて対岸にたどり着いた。ここはもはや満州なのだ。手拭いで足を拭き、再び防寒靴に履き替えて、小躍りするようにして満州側の河堤に這《は》い登った。木陰からソ連側をふり返ったが、見とがめられた気配はない。

三月二十二日、七度目の夜を迎える前に満州にたどり着いたのだ。近くの中国人部落で聞いて、ここは車陸湾子《しゃりくわんず》という地名だとわかった。新京に着いて数ヶ月の間に中国語会話を練習していたのが役に立った。村人の話によると、ソ連兵の国境巡視は朝夕の二回だという。正午に渡河したのは大正解だったのだ。

中国人の間でも、ソ連兵の暴虐は知れわたっていた。満州のソ連兵は、日本人と中国人を区別せずに略奪し強姦し虐殺した。その上、昭和二十年二月のヤルタ合意の内容が昭和二十一年二月になって公表され、ソ連が日露戦争以前に逆戻りするような権益を満州に得ていたことが明らかになると、満州ばかりでなく、全中国でソ連に対する憤激が高まっていた。小太郎は、その悪名高いソ連の強制収容所から脱走してきたとわかって、村人たちからちょっとした英雄扱いされて熱烈歓迎された。久しぶりに満腹になるまで食べ、衣類を中国の農民服に交換し、食糧の補給も受けた。

翌日、黒竜江沿いに荷物を運搬するという馬橇《ばそり》に便乗させてもらって車陸湾子を出発した。馬橇はところどころで荷物を積み降ろししながら、数日かかって仏山《ぶつざん》まで行くというので、好意に甘えて仏山まで乗せてもらった。仏山では、日本人が来たという話を聞きつけた県知事が、ぜひ立ち寄れと言うので行ってみた。小太郎の中国語の能力では込み入った話はできなかったが、「しばらくすると好事《ハオシー》（いいこと）があるから泊まれ」と言うので、数日厄介《やっかい》になった。

するると、三月二十七日のことだ。突然、ゴウゴウという音が一帯に響き渡った。小太郎はびっくりしたが、地元の人はみなわかっていた。黒竜江の氷が割れたのだ。割れた氷は下流に流れ、氷と氷がぶつかり合ってものすごい音を響かせるのだ。小太郎が渡河してわずかに六日目のことである。脱走を一週間遅らせていたら国境を越えることはできなかったのだ。これで黒竜江は船で通行できるようになる。知事が言っていた「いいこと」というのはこれだったのだ。

三月二十九日、解氷後第一船に乗せてもらい、鉄道線に近いところで下船して、鶴崗《かくこう》から中国人のふりをして鉄道に乗り、佳木斯《チャムス》、ハルビンを経由して新京に到着したのは四月三日のことだった。すでにソ連軍は三月中ごろ奉天（瀋陽）から撤退し、新京からも間もなく撤退するとうわさが広がっていた。

新京の出来事

一方、小太郎がいなくなったあとの新京では、さまざまなことが起きていた。

二月二十二日、小太郎が「予言」した丸山邦雄ら三人の日本人が新京日本人会事務所に来て、日本人救済総会会長・高碕達之助に面会を求めた。うさんくさい日本人が事務所に来ては、なにがしかの金品を求めるのはよくあることだった。普通は高碕総会長に面会希望を取り次ぐことなどあり得ない。だが、小野寺博士は、ひょっとしたら……ということもあると思って、「丸山邦雄」という名前の人が現れたら自分に話を通すよう、受付係にあらかじめ言い含めてあった。そこで受付係はまず、丸山たちを小野寺博士のところに案内した。

博士は、幽霊を見たかのようにびっくりした。

「本当に、本当にあなたの名前は丸山邦雄と言うのですか」

「はい、親がつけてくれた本名です。生まれたときからこの名前です」

丸山は、なぜ博士が自分の名前にこだわるのかわからず、怪訝《けげん》そうに答えた。異常に眉毛の濃い毛深い中年の男だった。終戦までは鞍山《あんざん》の昭和製鋼所に勤務していたという。

ほかの二人は、鞍山で土建屋をしていたという新甫《しんぽ》八朗《はちろう》という三十代の男と、その社員の武蔵正道《むさしまさみち》という若者だった。英語のできる丸山が、占領下の日本政府よりも、現に日本の実権を握っている連合軍総司令部に訴えるという計画の発案者で、新甫が私財を投げ出して帰国のための費用を捻出し、中国語のできる武蔵といっしょに脱出することにしたのだという。満人に成りすまして汽車に乗って来たので、満人の着る綿入れの服を着て、全身からものすごいニンニクのにおいを発している。受付係も不審人物だと思ったろう。小野寺博士があらかじめ受付に話を通じていなかったら、こんなにスムーズに博士と面会することはできなかったに違いない。

「いや、実はあなた方のことは、ある人物から聞いてあらかじめ知っていました。私は新京日本人会の会長をしている小野寺と申します。高碕全満総会長には私から紹介いたしましょう」

小野寺博士はさっそく三人を伴って高碕総会長のところに行った。総会長は不信を表情にあからさまに出して三人と面会した。

「すると、あなた方三人は、これから内地に脱出して、日本政府並びに占領軍司令部に、在満邦人の窮状を訴えて、早期引き揚げを陳情する、ついては私に政府高官宛ての紹介状を書いてほしい、そうおっしゃるわけですな」

「はい、その通りです」

丸山は真剣な表情で答えたが、高碕総会長はあきれ顔で言った。

「あなた方、この満州から脱出するなんて、本当にできると思っているのですか?」

「いや、総会長が不可能と思うのも無理はありません」

小野寺博士が口をはさんだ。

「実は、私の知り合いに予知能力というか、先のことがわかるという若者がいましてね。私もそんな話を信じたわけではありませんが、二月下旬に丸山邦雄という人物が新京に来る。その人こそは、イスラエル人をエジプトから脱出させたモーゼのごとく、日本人を満州から脱出させる人だと言ったのです。ところが、本日ここに来た丸山さんは、まさにその予言の丸山邦雄と同じ名前なのです。そこで私も偶然の一致と片づけるには、あまりに出来過ぎていると思いまして、お忙しいところ恐縮とは思いましたが、ぜひ面会に応じるようお願いしたわけです」

「ほほう、予言……神がかり的な話ですな。で、その予知能力があるという若者は、今どこにいるのですかな」

「それが、先月、ソ連兵に連行されて、その後どうなったかはわかりません」

「在満邦人二百万の運命を予言できる能力がありながら、自分一人の運命は予知できなかったということですかな」

「総会長が心許《もと》なく思われるのはよくわかります。ですが、この人たちは、本気で帰国する気もないくせに、内地に連絡をとるから帰国費用を出してくれとか、よくある金品ねだりの連中とは違う。自分たちの費用で、自分たちの命を懸けて帰国すると言っているのです。紹介状ぐらい書いてやってもいいではないですか」

高碕総会長は、新京の日本人難民のためにひとかたならぬ尽力を傾けてくれている小野寺博士の懇望もあって、望み薄《うす》と見られる三人のために、総理大臣、内閣書記官長、その他政府高官宛ての紹介状を書いた。

高碕総会長が紹介状を書いている間に、小野寺博士は三人と話をした。

「いやあ、あなた方も予言の話にはびっくりなさったでしょうな」

「はい、私の名前について念押しをしたのはそういうことだったのですね」

「ハハ、まあ、私の方もあなたの名前を聞いたときには本当に驚いた次第でしてね。そう、そう。その若者は、こうも言っていました。『モーゼが海を二つに分けたような奇跡は葫蘆島《コロとう》で行なわれる』何のことかわかりますかな？」

丸山はすでに丸くしていた目を、さらに大きく見開いて博士を見つめた。

「コロ島、それは、私が日本人の引き揚げ港として総司令部に提案しようと思っていた港です」

「おお、すると彼の言った通りだったわけですな。あなた方はすでにコロ島に目星をつけていたわけですな」

「はい、満州で大型船が接岸できる港で、国民政府の自由になる港はコロ島しかありませんから。でも、それほどに的中する予言なら、コロ島からの引き揚げは成功すると自信が湧いてきました。その若者の名前は何と言うのですか」

「脇森太郎と言いましてな、兵隊にとられる前は気仙沼で漁師をしていたということです」

「気仙沼？」

「ご存じないですかな、宮城県の港町です。私も予言など信じる方ではありませんが、まったくあなたと知り合いでもない若者が、ずばりあなたの名前を的中させたわけですから、信じてみたくなりますな」

「脇森太郎、覚えておきましょう」

高碕総会長が書いた紹介状は三人の満人服の綿の中に縫い込まれ、三人は前途に立ちはだかる困難と、果たさねばならない重責を自覚して、緊張した面持ちで日本人会事務所をあとにした。

それからしばらくして、三月半ばのこと、博士は、都築から、水島がチフスにかかったようなので往診してほしいと依頼を受けた。

「えっ、水島君が？　どうして？　彼は最近チフス患者と接触する機会などなかったはずだが……」

博士は会話の間に往診カバンをつかんで立ち上がった。都築は歩きながら答えた。

「はい、事務局の柴崎君がチフス感染で死亡したあと、博士の指示で死体処理は一度感染して免疫ができた者がやることになりました。難民で感染して助かった者は、多少の手間賃がもらえるということで、いくらでも志願してきましたし、それ以後、死体処理従事者に感染は発生しなくなりました」

「だったらどうして……」

「はい、水島さんの奥さんと息子さんが亡くなったのはご存じですね」

「うむ。僕が検死したんだからね」

「そのあと水島さんの落ち込みようは、はた目にも気の毒なもので、新年から勤務についても、ぼんやりしていることが多く、ため息ばかりついておりました。それで、そろばんのスピードも落ちましたし、計算違いも目立つようになりました」

「ふむ、肉親が死んでしばらくは仕事が手につかないというのも、よくある話じゃないか」

「はい、私たちも、腫れ物に触るように、水島さんが自分を責めることのないよう気をつかっていたのです。ところが、水島さんの方では、自分がふがいないせいで奥さんを家政婦に行かせたことが一番の原因で、さらに息子さんがソ連将校に復讐しようと飛び出したのを止められなかったのも自分のせいだと、自責の念に駆られていたようで……。その上、計算ミスです。水島さんのそろばんは名人芸の域に達しておりまして、満州中央銀行全職員中でも、あのぐらいのそろばんの名手は数えるほどと言っていいでしょう。その自分が何度も計算ミスをするのに耐えられなかったのでしょう。もう自分は事務職でお役には立てないと言い出しまして……」

「死体処理に回ったというのか」

「はい、私たちも、死体処理の人手は、免疫のある人たちで十分足りているからと、止めたのですが……水島さんは、どうも投げやりというか、自暴自棄になっていたのかもしれません。止めるのも聞かずに、チフス患者の看病や死体処理に出かけたのです。それで昨夜から熱発しまして……」

　水島宅に着くと、水島はまだ意識があった。春子が不安そうな顔で博士たちを出迎えた。

博士はてきぱきと診察し、極めて憂慮すべき病状と診断したが、それは表情には出さずに話した。

「まあ、君も奥さんや息子さんを亡くしてたいへんなところだ。神様が休みをくれたのだと思ってしばらく休養しなさい。春子ちゃん一人で看病するのはたいへんだろうし、今はチフス流行もおさまりかけているところで、第一医院の隔離病棟にもベッドの空きがあるから入院しなさい」

「そんな……」

「入院費のことなら日本人会でなんとかするから心配しなくていい。つきそいの春子ちゃんの分まで食事も出すから、何も心配せずに入院しなさい。昔から、病いは気から、と言うだろう。心配すると病気は治らないぞ」

有無を言わさず、水島は入院させられた。だが、それ以後も熱は上がり続け、四、五日もすると意識が混濁した。それから一週間ほど、春子は意識のない父親になんとか病院の食事を食べさせようと骨を折ったが、四月二日に水島は死亡した。小太郎が新京に到着したのは、その翌日だったのである。

新京に着いてすぐ、小太郎はなつかしい水島の家に行った。だが、ドアを叩いても応答がない。隣の都築の奥さんが出てきて、水島が昨日死んだことを告げた。

「えっ、水島さんが死んだ？　チフスでですか？　春子ちゃんはどうしたんですか？」

「はあ、お隣さんですし、私たちも昨日、火葬の時には春子ちゃんといっしょにお骨を拾ったんです。そのあと、春子ちゃんにうちで暮らすよう言ったんですけど、水島さんと戦友だったという人が現れましてね。水島さんに命を助けられたことがあるから、ご恩返しに娘さんを預からせてくれと言い出しましてね。春子ちゃんも迷ったみたいですけど、うちは三人も子供がいるし、うちに迷惑はかけられないと、子供なりに気を遣ったのではないかしら。その人の厄介《やっかい》になることにしたのです」

都築の奥さんに鍵を開けてもらって、小太郎は水島の家に入った。床の間には、骨壺が四つ並んでいる。水島一家がいなくなったら、この家はいずれ明け渡さなくてはならないというので、小太郎は自分の私物を背嚢に詰めて、とにかく小野寺博士のところに行って事情を聞くことにした。小野寺博士は小太郎が無事に戻ってきたことをたいそう喜んでくれた。

「おお、脇森君、無事だったのか。ソ連軍の『男狩り』にあって戻ってきたのは、君一人じゃないかな」

小太郎は、シベリアに送られて強制労働させせられたが、脱走して戻ってきたことをかいつまんで話した。

「そうか、やはり君が言っていた通り、関東軍の兵隊は帰国したのではなく強制労働させられていたんだね。そういえば、君の言った通り、丸山邦雄という人が現れたよ。高碕総会長に僕から口添えして、きちんと紹介状を持たせてやったよ」

「それはよかった。それなら、きっと五月ごろから順次引き揚げが始まるはずです。ところで、水島さんの娘の春子ちゃんが誰か戦友に引き取られたということですね」

「うん、確か大平秀夫《おおひらひでお》と名乗ったね。住所の控えもとってあるはずだ」

《大平？　うちの分隊にそんな名前のやつはいなかった。くそっ、小平の偽名だな》

住所もあやしいものだったが、避難民に割り当てられた居住地は限定されている。思いつきでいい加減な住所を書いたら、日本人会事務局の職員にすぐにばれてしまうはずだ。小太郎はとりあえずその住所を訪ねてみた。

そこは、元は日本の会社の社員向け独身寮だったらしい長屋形式のアパートだった。

その大平という男が住んでいるという部屋のドアの前で小太郎は聞き耳を立てた。まだ日暮れにはかなり間があるというのにいびきが聞こえる。春子がいれば、今の時間だと食事の支度をしたり、何か物音がしていいはずだが、その気配はない。小太郎は背嚢を下ろして、円匙を取り出してきちんと組み立てて握りしめた。ドアを叩くといびきがやんだ。

「誰だ?」

小平の声だ。酔っているらしい。小太郎は作り声で声をかけた。

「病院の職員です。昨日お預けした娘さんのことでお尋ねしたいことがあるんですが……」

「あの子は、今、外に遊びに出ているんですが、何でしょう」

そう言って小平はドアを開けて顔を出した。小太郎の顔を見るなりドアを閉めようとしたが、小太郎は素早く円匙をドアにはさんでこじ開けた。

「春子ちゃんをどこへやった? 言え」

小太郎は、土足のまま屋内に押し入って、小平に円匙を突きつけて尋ねた。

「だから外に遊びに行ったたって言ってるじゃねえか。そのうち帰って来るよ」

「うそをつくな! 日本人の女の子が一人で外を出歩くはずがない。本当のことを言わなければ、その腕一本叩き斬ってやるぞ」

小平は突きつけられた円匙の刃に目をやって、両手を挙げて小太郎をなだめにかかった。

「わかった、わかったよ。おっかねえなあ。満人に売ったんだよ。今どき、日本人のうちにいるより、満人の金持ちにもらわれた方がいい暮らしができるってもんだぜ。伍長さんも、分け前が欲しいってんなら、差し上げますぜ」

当時の満州では半ば公然と人身売買が行なわれていた。敗戦後、子供を養えなくなった親が子供を売ることもあったし、親が死ぬと、難民収容所でいっしょだった日本人が、孤児を売ることも横行していた。戦後日中国交が回復してからジャーナリズムをにぎわすようになった中国残留孤児や中国残留婦人の話題は、この痛ましい歴史の痕跡である。

「そんなことだろうと思っていたよ。どこの誰に売った?」

「待ってくださいよ。確か住所を書いた紙があったなあ」

小平は奥の部屋の押し入れを開けて、布団の間から書き付けを取り出そうとしているようすだった。だが、小太郎の方に向き直ったとき、その手に握られていたのは書き付けではなく、抜身《ぬきみ》の日本刀だった。

「伍長さん、人を脅迫するんだったら、拳銃ぐらい準備して来るもんですぜ。もっとも、ソ連兵の強奪は何度も徹底的にやられたから、今どき新京で日本人が拳銃なんか持ってるはずはないでしょうがねえ。この日本刀をかくし持ってるのも大変でしたからねえ。これで形勢逆転というわけですな。あとで加勢を呼ばれたりしちゃあ面倒だ。あとくされのねえようにここで死んでもらいやすぜ」

小平はニタリと笑ってすごんだ。

《くそっ、突然真剣勝負になってしまった。後ろに引くと、玄関の段差でつまずくかもしれない。それにドアを開けるには片手を円匙の柄から離さなくてはならない。そのスキを狙われたらひとたまりもない》

小太郎は覚悟を固めて円匙を構え直した。そのとき、小平と祖父は竹刀を交えたことがあったろうか、という疑問が心に湧いた。《じいちゃんと稽古をしたことがあったら、じいちゃんの得意技の「目切り小手」を知っているかもしれない》心の迷いは剣に表れる。中学の試合で負けたのも迷っているところを打たれたせいだ。《いや、じいちゃんと小平はあの分隊で初めて会ったのだ。あそこで剣道の稽古などできたはずがない。絶対にこいつは「目切り小手」を知らないはずだ》真剣勝負は一本勝負、二本目はない。小太郎は迷いを振り切って、必殺「目切り小手」の一撃に賭けることにした。逃げようとすれば斬られる。ここは勝つ以外生きる道はないのだ。

祖父の太郎が真剣勝負の心構えを教えたとき、刀の刃を見るなと強調したのを思い出した。

「いいか、小太郎、竹刀と違って真剣の刃は切れる。人は刃を恐れてどうしても刃を見てしまうものだ。だが、人を斬るのは刃ではなく人なのだ。どこを斬ろうとしているかは目に表れる。相手の目から目をそらすな」

小平の目を見ると、小平の方が小太郎の円匙の刃を見ているのがわかった。間合いをとってゆらりゆらりと円匙を上下させると、その動きにつれて小平の目が動く。小太郎は、自分は相手に動かされず、自分が相手を動かしているのだと感じて気持ちが落ち着いた。

小太郎の気持ちが落ち着いたのとは逆に、小平の方は急にあせりを感じた。これまで小平が殺してきた支那人たちは、日本刀を突きつけられただけで両手を合わせて命乞いをしたものだった。命乞いをする相手をじっくりいたぶりながら殺すのはぞくぞくするような快感がする。日本刀をつかんで小太郎の方に振り向いたときには、上官風を吹かせた相手に思い切り恨みを晴らして、なぶり殺しの快感をたっぷり味わうつもりでいたのだ。ところが相手は円匙しか持っていないくせに、日本刀を突きつけられても立ち向かって来る。しかも、満州暮らしの伍長さんに実戦の経験などあるはずもないのに、その円匙からは激しい殺気が発せられている。確かに、木刀だって頭に当たって打ち所が悪ければ死ぬかもしれない。円匙なら一撃で死ぬだろう。そう思うと円匙の刃から目が離せなくなった。

小太郎は少し間合いを詰めた。小平の目におびえの色が走った。《行けるっ》思うより先に体が動いた。必殺「目切り小手」がもろに決まった。小平の右前腕は切断された。無我夢中で面にも切りつけた。頭蓋《ずがい》にざっくりと円匙がめり込んだ。

《しまった、殺してしまったら春子ちゃんの行方を聞き出せなくなる！》

そう思ったが、もうどうしようもない。小太郎は、荒い息を弾ませて、小平に向き直って下段に残心の構えをとった。その足元で、小平は数回手足を痙攣《けいれん》させたあと絶命した。

小手面の連続技は毎日毎日練習して、反射的に技が出るようになってしまっていたのだ。それから家探しをしたが、手掛かりになるようなものは何もなかった。小太郎は、床板をはがして、床下の地面を掘り返して死体と返り血を浴びた満人服を埋めた。背嚢から着替えを出して着替えたあと外に出た。あとはどこを探すというあてもない。水島の家に戻るしかなかった。

《じいちゃん、人を斬ったことあったんだなあ。本当に円匙の切れ味はすごかったよ。

これで俺も人殺しだ。春子ちゃんの行方がわからないんだったら、いったい何のために小平と斬り合いをしなきゃいけなかったのか》

そんなことをぼんやりと考えながら、まだ三日月が沈まずにいる街路を歩いた。すると向こうから女の子が歩いてくる。夜には人通りはほとんどなくなる。まして女の子が一人で歩くことなどないはずだ。小太郎が目を凝らすと、それは春子だった。春子の方も小太郎に気づいたようだ。

「脇森のお兄さん！」

春子は泣きながら小太郎に駆け寄ってきた。

「春子ちゃん！」

小太郎もがっしりと抱きとめた。

＊

その前日、春子は小平に引き取られることになって、大きな荷物は数日かけて運ぶことにして、小さな荷物をかかえて小平について行った。小平は春子にずいぶんやさしくしてくれて、その夕方には銭湯に連れて行ってくれた。これなら父親に世話になった恩返しというのも本当かと思われた。

　だが、小平が春子を銭湯に連れて行ったのは、単に商品を高く売りつけるために汚れを落としておくためでしかなかった。翌日、つまり今日、小平は満人のところに春子を連れて行って、姿を消してしまったのだ。春子には自分が売られたのだということがわかった。生まれたときから満州で暮らしているから中国語はできる。すでに孤児になってしまったのだし、売られたら売られたで、生きて行くことさえできれば、それでいいかとも思った。ところが、春子を買った主人は春子に客を取らせようとした。春子は終戦のとき小学六年生だった。その前月に当たる七月に初潮を迎えたばかりだった。本当はこの四月には女学校に行くはずだった。その自分にそんなことをさせようとする人がいるということが信じられなかった。春子は主人に懇願した。

「おじさん、私、お料理もお掃除もお洗濯もお裁縫もできます。何でもやりますから、それだけは許してください」

「へっへっへ、お嬢ちゃん、掃除や洗濯もやってもらってもいいが、そんなことのためにお前さんを高い金を出して買ったはずはねえだろう。さっそく今晩から客をとってもらうよ」

　いくら泣いてもどうにもならなかった。

そこは売春宿で、ほかにも満人に身売りした日本女性が何人かいた。彼女たちも春子の幼さに同情してくれたが、やくざ風の満人が監視についていて、逃げ出すことは不可能だった。やがて夕方になるとソ連兵の客が訪れて、春子は主人に追い立てられて、ソ連兵と二人きりで一つの部屋に押し込められた。

ソ連兵は毛むくじゃらの大男だった。外套《がいとう》を脱ぎ捨てるや、いきなり春子に飛びついて髭面を寄せて来たときには、心臓が止まりそうなほどびっくりした。春子が悲鳴を上げると、いったんソ連兵は体を引いた。だが、客慣れした商売女ではないとわかっていっそう欲情をそそられたらしい。舌なめずりをして、今度は悲鳴ぐらいで放しはしないという野獣の決意をみなぎらせて春子に近づいてきた。

そのとたん、春子の全身に闘志が湧いてきた。《露助《ロスケ》め！　ママが死んだのもお前らのせいだ。お兄さんが殺されたのも、脇森さんがさらわれたのも、お前らのせいだ。パパだって、お前らがこの町に来さえしなければ、死なずに済んだのだ》腹の底から怒りが込み上げてきた。春子はほんの四畳ばかりの狭い部屋の中を逃げ回った。ソ連兵の腕をかいくぐって背後に回り、背中を思い切り蹴とばした。春子をつかまえようと伸ばしたソ連兵の腕に噛みつき、力の限り暴れまわった。小さな自分の体にどこからこんな力が湧いてくるのか、《神様、どうか私に力をください》春子は祈った。むちゃくちゃに抵抗した。怒り狂ったソ連兵はところかまわず春子をなぐりつけ投げ飛ばしたが、春子はひるまなかった。ソ連兵の顔面を思い切りひっかいたとき、ソ連兵はその痛さに獣のような吠え声を上げて思い切り春子を放り投げた。その投げられた先に窓ガラスがあった。窓ガラスは割れ、春子は外に放り出された。

分厚い綿入れの満人服を着ていたので、地面に叩きつけられても大きなケガはしなかった。《神様は私を守ってくださっている》春子は神様に感謝しながら、脱兎《だっと》のごとく駆け出した。ソ連兵は、いったん引っ込んで外套《がいとう》のポケットから拳銃をとり出して窓から射った。激しい銃声がして、ピュッ、ピュッと音を立てて弾丸が春子のそばをかすめた。春子は必死に走った。

新京市内の地理は小学校でも教わったし、治安のよかった日本統治時代は、子供も市内どこでも遊びまわっていたのだ。春子はすぐに自宅に帰る道を見つけた。追っ手は振り切ったと思われても、なおも全力で走り続けた。どのぐらい走り続けただろうか。ようやく自宅の近くまで来て、春子は走るのをやめて、とぼとぼと歩きだした。そうしたら、ソ連兵に殴られた体中のあちこちが急に痛くなってきた。

《このまま帰ったところで家には誰もいない。私はもうひとりぼっちなんだわ》

急に心細くなってきた。死んだ母親が、大和《やまと》なでしこは見かけは弱々しくとも、砂地のようなやせ地でも生きて行ける心《しん》の強さを内に秘めている花なのだと教えてくれたのを思い出した。
《そうだ、私は大和なでしこの純潔を守り通したんだわ。「天は自ら助くるものを助く」と学校でも教わった。強く生き抜けば神様もきっと守ってくださるわ》
そう思って、下を向いてばかりいないで、前を向いて歩こうとしたとき、向こうから来る人影に気がついた。夜道で男に出くわして、はっとなったが、どうも見覚えがある。それが「脇森のお兄さん」だとわかったとき、春子は打撲の痛みも忘れて小太郎の胸に飛び込んでいった。

帰国

五月にソ連軍は新京から撤退を開始した。

その後、在留邦人の引き揚げは順調に進み、小太郎と春子は七月末に葫蘆島《コロとう》から引き揚げ船に乗って帰国した。春子に身寄りのことを尋ねたところでは、祖父母は父方も母方も死んでおり、春子が思いつく親戚としては、母親の和子の弟、つまり春子の叔父が大連にいたが、兵隊にとられて生死不明ということだった。そこで、身寄りのない春子は小太郎といっしょに気仙沼の実家に行くことにした。

佐世保に上陸したのは八月一日だった。引き揚げ者はまず検診所へ連れて行かれ、シラミ駆除の粉末の殺虫剤を浴びせられてから、毛布と服が支給された。船中で書いておいた引き揚げ申告書を担当官に渡し、その晩は収容施設で過ごし、翌朝汽車で各自の故郷に向かうことになった。出発の際に渡された引き揚げ証明書という書類には各自の帰宅先が記されていて、その最寄り駅までは国鉄運賃が免除されることになっていた。

小太郎は、二日かかって和歌山の柴崎の実家にたどり着いて遺骨を手渡した。骨壺を四つかかえて来るのは無理で、それぞれの遺骨の一部を、各自の名前を書いた布につつんで一つの骨壺にまとめて入れてきた。柴崎の両親は、深く悲しみながらも、遺骨も帰って来ない家もいくつもあるのだからと、小太郎が立ち寄ってくれたことを感謝して、その晩は小太郎と春子を泊めてくれた。

東京では「在満同胞救済陳情代表《ざいまんどうほうきゅうさいちんじょうだいひょう》」として活動している丸山邦雄を訪ねた。脇森太郎と名乗ると、丸山は小太郎の右手を両手でがっしりと握りしめた。

「脇森さん、あなたのお陰です。あなたが小野寺博士にあらかじめ言っておいてくれなかったら、紹介状を書いてもらえたかどうか……。紹介状なしでは、政府高官に面会することなどできなかったでしょう。ありがとう、本当にありがとう。でも、あなたはどうして私のことを知ったのですか」

「それは僕にもわからないのです。《タイムスリップなんて言うわけにはいかないしなあ》でも、なぜだかときどき僕は未来のことがわかるのです」

「ははあ、不思議なものですなあ。でも、あなたが必ず成功すると言っておいてくれたお陰で、私たちもずいぶん勇気づけられました」

「全満在留邦人の帰国の道が開かれたのは、あなた方のお陰です。こちらこそ、帰国できて大感謝です。世論に訴え、総司令部を動かす苦労は並大抵ではなかったでしょう」

「はい、今、日本は総司令部による厳しい言論統制のもとにおかれていて、連合国に対する批判がましいことはいっさい報道できません。ですから、ソ連軍の暴虐非道をいくら私たちが言っても、世間には伝わらないのです」

そのとき、ラジオから「リンゴの唄」が聞こえてきた。帰国後、小太郎はあちこちでこの歌が流れているのを聞いて、ずいぶん流行《はや》っているな、と感じてはいた。歌詞に出てくる「赤いリンゴ」は日の丸を意味するものだとは思った。だから敗戦国民の心情に訴えたのだろう。だが、今、丸山から言論統制の話を聞いたとき、不意に「青い空」は星条旗を意味するのだと思いついた。星条旗の左上には星がちりばめられた「青い空」

が描かれている。

急に小太郎が黙り込んだので、丸山が尋ねた。

「どうかしましたか」

「いや、ラジオの歌ですよ」

「ああ、『リンゴの唄』ですね。大流行ですね」

「あの歌詞の『青い空』って星条旗を意味するんじゃないでしょうか。今、丸山さんが総司令部の言論統制の話をするのを聞いて思いついたんです。『赤いリンゴ』は当然日の丸です。詩人は、本当は何か書きたいことがあった。でも、『青い空』が上から抑えつけているから書きたいことが書けない。しかも、アメリカは自由の国で、戦時中の日本政府による言論統制を廃止して、日本に言論の自由をもたらしたというタテマエになっているから、規制されているということ自体公表できない。詩人は『青い空』を見上げて黙っているしかない。でも、この歌を聞く人は、何も言わなくとも『赤いリンゴ』の気持ちはよくわかっているでしょう。リンゴはかわいい、たまらなくかわいい。そんな気持ちが伝わってくる気がします」

「そうか、言われてみるとそうかもしれませんね」

その場には、小太郎たちのほかにも、丸山に会ってひと言お礼が言いたいという引き揚げ者たちがいた。その場にいた者は、それぞれの思いをかかえてしんみりと、ラジオから流れてくる歌に耳を傾けた。

赤いリンゴに　くちびる寄せて
だまって見ている　青い空
リンゴは何にも　言わないけれど
リンゴの気持ちは　よくわかる
リンゴ可愛いや　可愛いやリンゴ

小太郎は、のちに作詞者のサトウハチローが弟を広島の原爆で失っていたと知って、自分の解釈は間違っていないだろうと確信した。詩人は弟を捜して原爆投下直後の広島を歩き回ったのだ。その惨状が詩人の心に響かなかったはずはない。詩人はそれを詩に書きたかった。だが、言論統制のために書けない。その気持ちを込めた歌なのだ。この歌が敗戦国民の間で大ヒットしたのも、それぞれに「赤いリンゴ」に寄せる思いがあったからなのだろう。

東京から、さらに夜行列車の車中で一夜を過ごして、ようやく二人は気仙沼に到着した。新幹線と大船渡線の乗り継ぎで五時間かかることなど、大混雑の夜汽車の中でひと晩過ごすことに比べれば、何ほどのことだったろうか。小太郎は今さらながらに、自分が平成の贅沢な暮らしに慣れ切っていたことを思い知った。

祖父の太郎の父親の伝兵衛は小太郎にとっては曽祖父ということになる。父の浩太が小さいうちに死んだから、顔は仏壇の上にかかっている遺影でしか知らない。その住所は今実家の医院のあるところより海寄りだったが、小太郎の本籍地は元のままになっていたので、その住所は覚えていた。その近辺まで来ると、突然見知らぬおばさんに呼び止められた。

「ちょっと、太郎ちゃんでねえの？　いぐ生ぎで帰《け》って来たねえ。なに？　おらのごど忘《わせ》だの？」

一人で勝手にしゃべるなり、数軒先の家に飛び込んでいった。

「脇森《わぎもり》さん、脇森さん、太郎ちゃん帰《け》って来たよ！」

大きな声が外にまで聞こえてきた。

終戦から一年近く消息不明だった太郎が生還したという報《しら》せはたちまち小さな漁師町全体に知れ渡り、その晩は水産倉庫の集会所で、ちょっとした歓迎会になってしまった。

小太郎が太郎の気仙沼時代のことを何も覚えていないことも、うまく気仙沼弁をしゃべれないことも、「戦地で何年も苦労したから」というひと言で片づけられた。

翌日から小太郎は、伝兵衛といっしょに漁に出た。奇《く》しくも八月八日、タイムスリップからちょうど一年になるその日のことだった。気仙沼の空は青く、夏雲がところどころに湧いていた。夜も寝苦しいほどの暑さだったが、夏の太陽が昇ると、真昼にはまだずいぶん間があるというのに、暑熱はいっそうひどくなった。海は空よりも濃い青で、ギラギラしたまばゆい陽光が天にも海にも大気にも満ち満ちていた。夏の満州で新京からコロ島まで無蓋貨車に揺られてきた小太郎も真っ黒に日焼けしていたが、長年潮風にさらされた伝兵衛のしわだらけの顔の方がもっと焼けていた。

「太郎、お前《めろ》、櫓の漕ぎ方も忘《わせ》だって？　まだ若《わげ》んだがら、これがらまだ覚《おべ》でげばいっしゃ」

「うん」

小太郎は小舟に乗って海風を頬に感じながら、生返事をした。

《これから俺が生まれるまで長いよなー。いや、父さんが生まれたのは昭和三十年だから、それまでだってまだ九年ある。俺って、あと、こんな田舎町でずっと暮らすのかよー。ていうか、今の日本は日本中ど田舎だぜ。テレビも高速道路も新幹線もどこにもないもんなあ。気仙沼には舗装された道路すら一本もない。父さんの話じゃ、テレビがうちで見れるようになったのは、父さんが小学生になってからって言ってたもんなあ。つまりあと十五年もテレビなしの暮らしをするのかよー。しかも、十五年後にやっと見れるテレビって白黒のブラウン管テレビなんだもんなあ》

「んでも、お前《め》が女コ《おなご》、連れで来たのにはびっくりすたな」

「あれはそんなんじゃねってばよ。満州でずいぶん世話になった人の娘で、捨ててくるわげにはいがねがっただげだってば。ほんのおぼこだし」

「なあに、春子が女学校出るころには、十八歳。そんどきお前《め》は三十歳、似合《にえ》えの夫婦サなるべっしゃ」

「そったらごど……」

《え、えーっ、春子ちゃんて俺のばあちゃんだったのかよー。でも、確かにばあちゃんの若いころの写真に似てるなあ。なんで春子という名前を聞いたときに気づかなかったかなあ。春子ばあちゃんに娘時代があったなんて想像もできなかったんだなあ。でも、俺にとっちゃ、ばあちゃんはばあちゃんだもんなあ。ばあちゃんと結婚するのは、そりゃアウトでしょう。勘弁してくれよー》

小太郎はあわててかぶりをふったが、伝兵衛はただの照れ隠しと受けとったらしく、にやにや笑いながら櫓《ろ》を漕いでいる。少し沖に出たところで、ためしに漕いでみろということになった。それで揺れる小舟の上に立ち上がって船尾の方に行こうとしたときだ。突然舟が大きく揺れて、小太郎は波間に放り出された。

「太郎、太郎！」

　伝兵衛の呼び声を聞きながら、小太郎の意識は遠のいて行った。

新生

「小太郎、小太郎！」

《あれっ、呼び声が太郎じゃなくて小太郎になってる》

　意識が戻ったとき、小太郎は父の医院のベッドに寝かされていた。病室の窓からは澄みわたった早春の青空がのぞいていて、室内にはまばゆいばかりの陽光が満ちあふれていた。呼んでいたのは、曽祖父ではなく父だった。

「おお、気がついたか」

　浩太のうれしそうな声が聞こえた。すぐ近くに幸子の顔も見える。幸子は泣き出した。

「よかった、小太郎、よかったわね」

「えっ、俺どうしたの」

「お前は津波で医院の前まで流されてきたのよ。医院も一階は数十センチぐらい津波が入って来て水浸しになったけど、お前が流されてくるのをお父さんが四階の窓から見つけてね。すぐに駆け下りて、まだ引き波が起きないうちに、お前を助け出したのよ。間もなく息を吹き返したけど、意識は戻らず、お前はふた晩も眠っていたのよ」

「うん、うん。気がついてよかった」

浩太も涙ぐんでいた。

《すると、今までタイムスリップだと思っていたのは全部夢だったのか?》

「じいちゃんはどうしたの?」

「うん、じいちゃんはな……」

浩太は言葉を濁した。幸子が言葉を継いだ。

「おじいちゃんは、まだ見つかっていないの」

小太郎は黙り込んだ。

《そうか、俺がじいちゃんの言うことを聞いて、じいちゃんを施設に置いて来ていれば助かったのに、俺がじいちゃんを死なせてしまったんだな》

「でも、小太郎だけでも助かって本当によかった。父さんも母さんも、必死でほとんど寝ずに看病してたのよ」

「よかった。本当によかったな。小太郎」

浩太が顔をくしゃくしゃにして小太郎を抱きしめた。

気仙沼の被害は甚大だった。海岸に近い叔父の工場は壊滅的被害を受けたが、いち早く避難したので従業員も含めて人的な被害がなかったのは不幸中の幸いだった。浩次叔父は復興資金で新式機械を入れて、むしろ事業を拡張すると張り切っていた。

祖父の太郎はいつまで経っても見つからなかった。近所には、家ごと流されて遺体も見つからないし、遺品も写真も、何も思い出の品がないという人もいた。そういう家に比べれば、小太郎がしっかり握りしめていた、じいちゃんの襟《えり》巻きがあっただけでも、うちは幸せな方だと浩太は家族を慰めた。

小太郎は、意識が戻った翌日にはすっかり元気になった。春休み中はボランティアに交じってガレキの片づけなどやっていたが、四月になる前に父の医院が診療を再開できるようになったのを見届けて、新幹線の復旧を待たず、高速バスで東京に戻った。

だが、小太郎はすっかり元に戻ったわけではない。小太郎は変わった。

入学以来同じクラス、同じゼミ、大学院までずっといっしょで、サークルも同じの親友の藤木が驚いたのは昼食の食べ方だった。東日本大震災は大ニュースで、藤木も非常に心配したのだが、春休み明けに大学で顔を合わせたときには元気そうで安心した。ところが、昼休みにいっしょに学食に行ったら、小太郎が注文したのは相も変わらぬカレーライスだったが、カレーライスをトレイにとってからが尋常でなかった。藤木が何を話しかけても返事をしない。気仙沼では小太郎が帰京する直前まで断水が続いたので、水を多く使う汁物の調理は困難で、小太郎にとってカレーライスを食べるのはこれが現代に戻ってから初めてだったのだ。

席に着いた小太郎は、大宇宙に存在するのは自分とカレーライスだけのような無我の境地に入ってしまったかのようだった。スプーンをとってひと匙すくう。口にスプーンを持って行って、食べる前にいったん手が止まる。極楽に咲くというかぐわしい花のかおりを嗅ぐときにはこんな表情をするかもしれないというような、至福の表情でカレーのにおいを胸いっぱいに吸い込む。それからおもむろにスプーンを口に突っ込む。ひと匙口に入れたままの恍惚の表情の小太郎の目から、涙が盛り上がるように湧いてきた。目をしばたたかせると涙は堰《せき》を切ったようにあふれ出した。それから急に夢中で食べだした。泣きむせびながらガツガツときれいにたいらげて、ようやく周囲の注目を引いていることに気づいたようだった。藤木は昼食を食べるのも忘れて、あっけにとられたように小太郎を眺めていたが、何か津波でよほどたいへんな目に遭ったのだろうと気遣って、小太郎を冷やかしたりせずに無言で自分の昼食を食べた。

小太郎の異常な食べっぷりは間もなく元に戻ったが、しばしばアンナ少佐の面影を思い出してしまうのはなかなかおさまらなかった。タイムスリップ以前はどうしても忘れられなかったふられた元カノのことはさっぱり思い出さなくなった代わりに、「私のこと、ときどき思い出してください」と涙声で言って暗がりの中を走り去ったアンナ少佐をしばしば思い出すようになった。きちんと卒業できることになったら、卒業旅行にシベリアに行くのを父にねだって、日本人捕虜たちが敷設した鉄道を見に行ってみようかと思う。もし、アンナ少佐が老婆になってまだ生きていたら、会ってみたい気がする。自分は脇森太郎の孫だと名乗って、ギターを弾いて聞かせたら、彼女はどう反応するだろうか、などと想像したりする。

それに、小太郎の勉強ぶりが明らかに変わった。小太郎は、真剣に修士論文に取り組むようになった。

元の小太郎は、先の見える決まりきった人生なんか、生きる価値などないと思っていた。だが、未来がわかっていてその通りに生きることは、非常に難しいことなのだ。それは平凡な人生なのではなく、さまざまな突発事態に対応して、道をはずれないように真剣に努力しなくてはならない、緊張感に満ちた人生なのだ。それは安全なレールに乗っかって進むことにたとえるよりも、決まった道という点では同じでも、綱渡りの綱の上を進むことにたとえた方がいいぐらいだ。今は、小太郎は、先の見える未来を決まった通りに生きることは、どんなに苦しくともどんなに困難でも、何が何でもやり抜く価値のあることだと思えるようになった。

かつての小太郎は人生に飽き飽きしていた。すでに自分は人生を生き切ってしまった気がした。昨日も今日も、毎日が同じことの反復でしかなかった。剣道も苦しかった。勉強も苦しかった。こんなに苦しくてつまらないことを繰り返すことに何の意味があるのか、小太郎は眠れぬ夜に繰り返し自問した。人間なんて、無限な時間と無限な大宇宙の中に、ほんの一瞬、けし粒よりも小さな泡が浮かんで消えるだけの存在でしかない。そんなちっぽけな泡粒を維持するために苦しんで生きる必要があるだろうか？　だが、人生の意味を問いかける血の出るような叫びに答えは見つからなかった。

戦争と欠乏の時代を経験した小太郎は、安定した日々を送ることができる現代がどれほど幸福な時代であるかを身をもって理解したが、どんな幸福も、それが安定して継続するなら飽きてしまう。結局、終始幸福な人生などということはあり得ないことなのだ。どんなに苦しみを避けようとし、無事息災を願っていても、突然の大津波に襲われたりするのが人生であり、人生から苦悩をなくすことなど不可能なのである。

むしろ大いなる苦悩がもたらす鍛錬こそが人間を高めるのだ。戦国時代の武将、山中鹿之介は、戦いに敗れ、刀折れ矢尽きて、もはやこれまでというときにも断じて切腹などせず、月に向かってわれに七難八苦を与えたまえと祈ったという。この山中鹿之介の態度こそ、苦悩を避けられない人生に対処する正しい態度と言うべきだろう。

今、小太郎は、「人生の価値」とか「生きる意味」を問うのは、問いの立て方が間違っていると思うようになった。人間が生きることの方が目的で、それ以外のことはすべて、生きるための手段なのだ。ギターの練習も剣道の稽古も歴史の勉強も、小太郎が日本に生還するために役に立った。苦しい思いをして身に付けたことすべては本当に意味があったと、今だからこそ思える。芸術も娯楽も農産物や工業生産物も、すべて、人間が人間らしく生きるために役立ってこそ意味があるのだ。

歴史研究だって、人間が生きて行く上で役に立つ研究こそ、有意義な研究なのだ。過去の記憶を失ってしまい、かつての経験を活用できない個人は、他人とまともな社会生活を営むことは困難になる。国民も、自分の国の歴史を知らなければ、国際社会で他の国とまともな交際をすることは困難になる。しかも、普通、人間の記憶は最近起きたことの方がはっきりしているものである。そして、自分が今日生活していく上で大切なのは、子供時代の出来事よりも、最近の出来事の方だ。歴史だって、最近の歴史の方が現在に及ぼす影響は大きい。受験用の、古代や中世に関する詰め込み教育よりも、現代の人々に在満邦人の終戦後の地獄の惨状やシベリア抑留の悲劇の記憶を伝える方がずっと意義のある事業なのだ。

小太郎は、かつては満州からの引き揚げ者やシベリア抑留の体験者の手記を読んでも、まったく実感を持って受け止めることができなかった。だが、今はこうした手記を読むと、身につまされてもらい泣きをするようになった。眠い目をこすりながら深夜まで資料を読みふけるとき、小太郎は、「内地の人たちにいつまでもこの悔しさを伝えてくれ」と魂の奥底から絞り出すように語った小野寺博士の言葉を幾度も思い起こした。日ソ中立条約を踏みにじり、無通告で八月八日に対日開戦し、非武装の在留邦人に強姦・略奪・虐殺の限りを尽くし、ポツダム宣言に違反して地獄のシベリア収容所で収容者に奴隷労働を強制したソ連の非道を、いつまでも伝え残さなくてはならない。

今、小太郎は、かつては何の意味も感じられなかった歴史研究に人生の意義を見出すことができたのだった。

＊

停電や断水も復旧し、非常に手に入りにくかったガソリンも並ばずに給油できるようになり、ガレキの片づけも進んだ、その年の夏のお盆に、区切りをつけるということで、浩太は太郎の法要を営んだ。小太郎も神妙な顔つきで列席した。

遺骨はない。骨壺には小太郎が握りしめていた襟《えり》巻きがおさめられていた。

ひと通り儀式が終わって、家族だけで医院に戻った。木造の自宅の修復は困難で、今は医院ビル四階のかつての入院病室を改築して家族はここで暮らすようになっていた。

夕食のあと、小太郎に浩太がしんみりした口調で言った。

「遺体安置所もずいぶん遠方まで捜し歩いたけど、じいちゃん、結局見つからなかったな。今どこにいるんだろうな」

小太郎は網戸をかけて開け放してある窓の外に黙って目をやった。節電キャンペーンで震災前よりずいぶん薄暗くなった街並みの上に、満月に近い月が明るく輝いていた。黙っていたが、小太郎には、祖父の太郎がどこに行ったかわかる気がした。太郎は、小太郎が小舟から転落した、昭和二十一年八月八日のあの海中に行ったのだ。そして、小太郎と入れ替わってその後の人生を送ったのだ。すると、太郎は何度も人生を繰り返してやり直しているのだろうか。そうかもしれない。だから太郎が打ち出す商売上の方策はことごとく的中したのだ。そして認知症になったあと、わずかの間正気に戻ったときに、津波の当日に小太郎といっしょにいる必要があることを思い出して、三月に小太郎を呼べと言い出したのに違いない。

《じいちゃん、頑張って平成二十三年まで長生きしてくれよ》

小太郎は、昭和二十一年八月の太郎に向かって、心の中で語りかけるのだった。

この物語は史実を交えたフィクションです。現在では不適切と思われる表現がありますが、時代背景に鑑みそのまま使用しています。

【主要参考文献】

『シベリア強制抑留の実態　日ソ両国資料からの検証』阿部軍治、彩流社
『一週間』井上ひさし、新潮社
『閉された言語空間　占領軍の検閲と戦後日本』江藤淳、文藝春秋
『徴兵制』大江志乃夫、岩波書店
『草地貞吾回顧録　八十八年の哀歓』草地貞吾、光人社
『黒パン俘虜記』胡桃沢耕史、文藝春秋
『人間の條件』全六冊、五味川純平、文藝春秋
『戦争と人間』全九冊、五味川純平、光文社
『極光のかげに　シベリア俘虜記』高杉一郎、岩波書店
『征きて還りし兵の記憶』高杉一郎、岩波書店
『シベリア鎮魂歌　香月泰男の世界』立花隆、文藝春秋
『侵略　中国における日本戦犯の告白』
中国帰還者連絡会・新読書社編集部編、新読書社
『森田八郎とその時代』西田耕三、森田昭夫私家版

『生きて祖国へ』全六巻、引揚体験集編集委員会編、国書刊行会
『流れる星は生きている』藤原てい、中央公論新社
『されど、わが「満洲」』文藝春秋編、文藝春秋
『満州　奇跡の脱出　170万同胞を救うべく立ち上がった3人の男たち』
ポール・邦昭・マルヤマ、高作自子訳、柏艪舎
『ソ連獄窓十一年』全四冊、前野茂、講談社
『なぜコロ島を開いたか　在満邦人の引揚げ秘録』丸山邦雄、永田書房
『日中戦争とはなにか』三浦由太、熊谷印刷出版部
『森繁自伝』森繁久弥、中央公論社
『画文集 シベリア抑留1450日　記憶のフィルムを再現する』山下静夫、デジプロ
『三陸海岸大津波』吉村昭、文藝春秋
『昭和史の天皇』五~七巻、読売新聞社編、読売新聞社
『戦後引揚げの記録』若槻泰雄、時事通信社
『シベリア捕虜収容所』全二冊、若槻泰雄、サイマル出版会
『プリンス近衛殺人事件』V・A・アルハンゲリスキー、瀧澤一郎訳、新潮社

著者プロフィール
三浦　由太（みうら　ゆうた）

1955年岩手県水沢市生まれ
1982年山形大学医学部卒
1989年整形外科専門医
1993年医学博士
1994年開業

著書
『町医者が書いた哲学の本』（丸善プラネット、2009年）
『日中戦争とはなにか』（熊谷印刷出版部、2010年）
『黄塵の彼方』（文芸社、2014年）
『真白き木槿《むくげ》の花　決死の三十八度線越え』（文芸社、2014年）

小太郎地獄遍路　慟哭の満州

2017年９月15日　初版第１刷発行

著　者　三浦　由太
発行者　瓜谷　綱延
発行所　株式会社文芸社
〒160-0022　東京都新宿区新宿1－10－1
電話　03-5369-3060（代表）
03-5369-2299（販売）

印刷所　株式会社フクイン

ISBN978-4-286-18598-9　JASRAC 出1705433－701